Jan Beinßen

Die toten Augen von Nürnberg

Kriminalgeschichten

ars vivendi

Originalausgabe

Erste Auflage Juli 2014

www.arsvivendi.com

Umschlaggestaltung: ars vivendi verlag
unter Verwendung einer Fotografie von
© Sean Pavone/istockphoto.com
Druck: CPI Ebner & Spiegel, Ulm

Printed in Germany

ISBN 978-3-86913-466-6

ars vivendi
Krimi

Jan Beinßen, Jahrgang 1965, lebt in der Nähe von Nürnberg. Er hat zahlreiche Kriminalromane veröffentlicht. Bei *ars vivendi* erschienen bisher *Dürers Mätresse* (2005), *Sieben Zentimeter* (2006), *Hausers Bruder* (2007), *Die Meisterdiebe von Nürnberg* (2008), *Herz aus Stahl* (2009), *Das Phantom im Opernhaus* (2010), *Lebkuchen mit Bittermandel* (2011), *Die Paten vom Knoblauchsland* (2012), *Und wenn das vierte Lichtlein brennt …* (2012), *Lokalderby* (2013), *Die Tote im Volksbad* (2013) und *Görings Plan* (2014).

Die toten Augen von Nürnberg

Inhalt

Christkindraub

Noch sechs Stunden bis zur Eröffnung des Nürnberger Christkindlesmarktes

Verflixt, wie ging das noch mal? Paul Flemming stand vor dem Spiegel im Flur seiner Atelierwohnung und verzweifelte an dem Versuch, sich eine Krawatte zu binden. Einen Schlips trug er nur, wenn es unbedingt sein musste, denn sobald er den obersten Knopf eines Hemdes schließen musste, fühlte er sich eingeengt. Entsprechend wenig Übung hatte er darin, akkurate Knoten zustande zu bringen.

Für Notfälle wie diesen hatte er normalerweise ein halbes Dutzend vorgebundene Krawatten im Schrank hängen, die sein Vater Hermann für ihn vorbereitet hatte und die er sich nur noch um den Hals legen und zusammenziehen musste. Doch drei der Schlipse wiesen vom Gebrauch bereits Flecken auf, zwei lagen auf dem Schrankboden und waren daher zerknittert, und der sechste und letzte entsprach absolut nicht mehr der Mode. Also musste Paul selbst ran – und fluchte dabei vor sich hin.

Immer wieder blickte er auf die Uhr, was ihn nur nervöser machte und seinen ungeschickten Versuchen noch mehr schadete. Er musste sehr schnell sein, wenn er seine Verabredung mit Katinka Blohm noch pünktlich einhalten wollte. Die Staatsanwältin hatte ihn zum Mittagessen mit einigen führenden Juristen eingeladen, die wegen der Eröffnung des Christkindlesmarktes am heutigen Abend angereist waren und bei denen sie Paul als ihren Lebenspartner einführen wollte. »Zieh dir bitte etwas Vernünftiges an«, hatte sie ihm eingeschärft. »Du weißt ja, dass diese Leute große Stücke auf die Etikette setzen.«

Ja, das wusste er durchaus. Aber diese Einsicht half Paul jetzt auch nicht weiter. Mit einem energischen Ruck löste er den misslungenen Knoten und wollte die Krawatte wütend in die Ecke schmeißen. Doch als er ausholte, hörte er ein alarmierendes Ratschen. Er wusste, noch bevor er es sehen konnte, dass die Naht seines Jacketts seinen hektischen Bewegungen nicht standgehalten hatte. »Auch das noch!«, schimpfte Paul, der seine Felle davonschwimmen sah.

Als das Telefon klingelte, dachte er sofort an Katinka. Sie wollte sich sicher erkundigen, ob er es pünktlich zu ihrem Treffen im Restaurant *Lorenz* schaffen würde. Paul legte sich einige Worte zurecht, um sie hinzuhalten. Doch als er sein Telefon unter einer Fotofachzeitschrift auf dem Couchtisch fand und abnahm, war er überrascht:

»Flemming? Ich habe da ein Problem«, meldete sich Hannah.

Paul war nicht darauf eingestellt, es anstelle von Katinka mit ihrer Tochter zu tun zu haben. Schon gar nicht war er auf den besorgten Tonfall gefasst gewesen, den die sonst so unbekümmert optimistische Studentin anschlug. »Um was geht es denn?«, fragte er mit einem weiteren kritischen Blick auf die Uhr.

»Es geht nicht um *was*, sondern um *wen*: Tina Brandstetter«, antwortete Hannah und klang nun noch bedrückter. Paul konnte den Namen nicht auf Anhieb unterbringen, war aber sicher, ihn schon einmal gehört zu haben. Hannah half ihm auf die Sprünge. »Das neue Christkind. Siebzehn Jahre, blond, hübsches Gesicht, aber etwas zu kräftige Oberschenkel. Doch die sieht man heute Abend ja nicht unter dem goldenen Gewand.«

»Was ist denn mit dieser Tina?«, fragte Paul zerstreut.

»Sie ist nicht gekommen.«

»Zu wem? Etwa zu dir? Kennt ihr euch denn?«

»Ja und nein. Sie wissen doch, dass ich selbst einmal Nürnberger Christkind war.«

»Wie könnte ich das vergessen? Dadurch haben wir uns ja überhaupt erst kennengelernt.«

»Genau.« Hannah schluckte. »Wegen meiner Erfahrung von damals wollte sich Tina mit mir treffen, um sich ein paar Tipps für den Prolog zu holen. Das ist ja nicht ohne, vor ein paar tausend Leuten und Fernsehkameras aus aller Welt die Eröffnungsrede zu halten.«

»Schön und gut«, versuchte Paul die Sache abzukürzen. Denn mit oder ohne Schlips – er musste jetzt dringend los! »Wann wart ihr denn verabredet? Vielleicht steckt sie irgendwo in der U-Bahn fest und kommt etwas später.«

»Das glaube ich kaum«, sagte Hannah matt. »Wir hatten uns zum Frühstücken in der *Ruhestörung* verabredet. Dort habe ich geschlagene zwei Stunden auf sie gewartet. Ich habe auch versucht, sie auf ihrem Handy zu erreichen. Aber sie nahm nicht ab.«

»Hast du es bei ihr daheim probiert?«

»Ja, ebenfalls ohne Erfolg. Und die Eltern sind – soviel ich weiß – beide berufstätig. Jedenfalls ist niemand rangegangen, außer dem AB.«

Paul nagte auf seiner Unterlippe. Dann sagte er ein wenig zu schroff: »Dann hat sie es wahrscheinlich vergessen. Mach dir nichts daraus.« Er wollte das Gespräch nun schnörkellos beenden.

Doch Hannah hatte noch eine Information parat, die Paul innehalten ließ: »Tina ist auch nicht zur Anprobe ihres Kostüms bei der Gewandmeisterin des Staatstheaters erschienen.«

»Ist sie nicht?«, fragte Paul nun etwas aufmerksamer.

»Nein. Nachdem Tina nicht in die *Ruhestörung* gekommen war, bin ich nämlich direkt zu ihrem nächsten Termin geradelt; ich kenne ja die Abläufe am Tag der C-Markt-Eröffnung.«

»C-Markt?«

»Na, Christkindlesmarkt.«

»Und was hat die Gewandmeisterin gesagt?« Paul wurde neugierig.

»Die war völlig aus dem Häuschen. So etwas sei ihr noch nie passiert. Sie hat geschimpft wie ein Rohrspatz.«

»Wann war das genau?«

»Das war ... Moment, das war vor einer halben Stunde.«

Paul sah auf die Uhr: Noch sechs Stunden bis zur Eröffnung des Christkindlesmarktes – und noch eine Viertelstunde bis zu seinem Date mit Katinka. »Hast du es in der Zwischenzeit noch mal auf ihrem Handy versucht?«, fragte er.

»Klar! Alle fünf Minuten. Aber ich glaube kaum, dass ich damit Glück haben werde.«

»Warum?«, wunderte sich Paul über Hannahs Vermutung. »Denkst du, dass sie einen Unfall hatte?«

»Nein«, sagte Hannah entschieden. »Das hätte man inzwischen erfahren, denn das Krankenhaus hätte das

Rathaus informiert, damit man die Markteröffnung noch umplanen könnte.«

»Also?«, erkundigte sich Paul besorgt.

»Sie kann nicht ans Handy gehen – weil sie entführt wurde!«

Noch fünf Stunden bis zur Eröffnung des Nürnberger Christkindlesmarktes

»Nein, das werde ich dir nicht durchgehen lassen. Diesmal nicht!« Katinka klang höchst erbost, nachdem sie sich Pauls mit vielen Worten beinahe unterwürfig vorgebrachte Absage angehört hatte. Ohne näher nach Pauls Beweggründen zu fragen, unterbrach sie die Verbindung und ließ Paul mit einem schlechten Gewissen am anderen Ende der Leitung zurück. Wenigstens muss ich mir nun nicht mehr diesen Binder antun, dachte er und eilte zur Wohnungstür, an der Hannah Sturm klingelte.

Ihre Wangen glühten vor Aufregung, als sie einige Schneeflocken aus ihren Haaren schüttelte und ihre Winterjacke auf den Boden fallen ließ. »Ich habe eine heiße Spur«, sagte sie gehetzt.

»Langsam, langsam«, versuchte Paul sie zu beruhigen. »Wie kommst du überhaupt darauf, dass das Christkind entführt worden ist?«

»Weil ich das im Gefühl habe!«

»Das ist kein sehr überzeugendes Argument. Hat denn jemand Tina als vermisst gemeldet?«

»Nein!«, stieß Hannah aus. »Wie denn auch? Ihre Eltern sind bei der Arbeit. Und die Leute vom Theater sind einfach nur genervt, weil sie nicht gekommen ist. Ich bin die Einzige, die etwas unternehmen kann, bevor es zu spät ist. Wir müssen die Polizei einschalten!«

»Die Polizei wird erst vierundzwanzig Stunden nach Eingehen der Vermisstenmeldung tätig«, erklärte ihr Paul. »Bis dahin ist die Christkindlesmarkteröffnung vorbei. – Abgesehen davon: Wer sollte ein Interesse daran haben, das Nürnberger Christkind zu entführen? Etwa die Fürther, um ihr eigenes Christkind zu pushen?«

»Sehr witzig!« Hannah stemmte die Arme in die Hüften. »Als ich gestern mit Tina telefoniert habe, um unser Treffen auszumachen, klang sie ziemlich verstört. Sie hatte gerade mit ihrem Freund Schluss gemacht. Sie hat ihn nicht mehr geliebt, sagte sie, aber ich denke, dass ihr der ganze Stress mit Schule, Freund und Christkindverpflichtungen einfach zu viel geworden ist. Jedenfalls nahm ihr Freund die Absage wohl überhaupt nicht gut auf. Er drohte ihr und wollte sie keinesfalls ziehen lassen.«

»Du glaubst, dass der Kerl sie gekidnappt hat?«, zweifelte Paul.

»Es wäre einen Versuch wert, es herauszufinden.«

»Weißt du denn, wie er heißt und wo er wohnt?«

»Klar. Ist ja nicht mein erster Kriminalfall, an dem ich mit Ihnen zusammen dran bin. Er heißt Lorenzo und wohnt in St. Peter.«

»Das ist eine ganze Ecke zum Fahren. Wir müssen uns sputen.« Paul hatte sich entschieden, Hannahs Verdacht auf den Grund zu gehen.

Noch vier Stunden bis zur Eröffnung des Nürnberger Christkindlesmarktes

Lorenzo wollte nicht aufmachen. Oder aber er war gar nicht zuhause. Paul klopfte zum wiederholten Mal an die Tür der Etagenwohnung in einem schlichten Mietshaus, in dessen Flur es nach Brokkoli roch.

»Das war wohl nichts«, sagte er zu Hannah und wollte sich zum Gehen wenden, als die Tür unversehens doch noch geöffnet wurde. Ein hagerer Jüngling, mehr Kind als Erwachsener, trat schüchtern heraus. Er musterte die beiden Besucher aus großen, traurigen Augen.

»Lorenzo?«, fragte Hannah, und Paul konnte ihr unschwer ansehen, dass sie Tina einen weitaus attraktiveren Lover zugetraut hatte.

»Ja«, sagte dieser zurückhaltend. »Meine Eltern sind nicht da. Und ich unterschreibe nichts an der Haustür.«

»Wir sind wegen Tina hier«, beeilte sich Hannah zu sagen, denn Lorenzo schickte sich bereits an, die Tür wieder zu schließen.

Stattdessen aber blieb er nun wie erstarrt stehen. Sein schmallippiger Mund begann zu beben, seine großen Augen füllten sich mit Tränen. Ehe sich Paul und Hannah versahen, fing der Junge bitterlich an zu weinen. Er beugte sich dabei vornüber, wodurch Paul sich gezwungen sah, ihm tröstend unter die Arme zu greifen und ihn mit Bedacht zurück in die Wohnung zu schieben.

In der beengten und bescheiden eingerichteten Dreizimmerwohnung sah sich Paul nach einem Stuhl oder Sofa um und wurde in einem sehr kleinen und stickigen Wohnzimmer fündig. Er dirigierte den flennenden Lorenzo auf einen Fernsehsessel vorm Fenster und setzte sich ihm gegenüber: »Was kannst du uns über Tina sagen?«, fragte er und bemühte sich um einen einfühlsamen Tonfall.

»Dass sie Schluss gemacht hat«, heulte Lorenzo. »Einfach so, ohne Grund. Und das nach einem Jahr, neun Monaten und drei Tagen!«

»Nein«, korrigierte sich Paul. »Was wir eigentlich wissen wollen, ist: Wo ist Tina geblieben? Wo hält sie sich auf?«

Lorenzo sah ihn verständnislos an. »Warum fragen Sie das mich? Sie probt bestimmt für ihren großen Auftritt heute Abend.«

»Eben nicht«, schaltete sich Hannah ein. »Tina ist seit heute Morgen spurlos verschwunden. Wir dachten schon, dass du ...«

»Ich?«, schrie Lorenzo spitz auf. »Aber nein! Ich liebe Tina. Sie glauben doch wohl nicht etwa, dass ich ihr etwas angetan habe?«

»Eigentlich ... – nein«, sagte Paul nach einigem Abwägen. Denn für irgendeine Art engagierten Handelns schien Lorenzo nicht Manns genug. Das sagte Paul ihm selbstverständlich nicht, sondern fragte nur harmlos: »Hast du eine Vermutung, wo sie geblieben sein könnte?«

Lorenzo rieb sich die pickelige Stirn. »Nein, sorry, nein. Keine Ahnung.« Dann verfinsterte sich seine Miene. »Vielleicht hat Ramona etwas mit ihrem Verschwinden zu tun.«

»Wer ist denn Ramona?« Paul konnte nicht folgen.

Hannah hingegen wusste sofort Bescheid: »Das ist eines der anderen Mädels, die sich um den Job beworben haben: Ramona Hesse.«

»Job?« Paul verstand noch immer nicht.

»Ramona war eine der Bewerberinnen um das Amt des Christkinds«, erklärte Hannah. »Sie wissen doch, dass sich dafür jedes Jahr Dutzende junger Frauen bewerben. Ramona hat es bis in die Endrunde geschafft. Sie ist sehr hübsch und sehr ehrgeizig – aber am Ende hat eben doch die flotte Tina die Jury überzeugt.«

»Deswegen hat sie sie ja auch so gehasst«, sagte Lorenzo plötzlich sehr impulsiv.

»Du meinst, dass diese Ramona deiner Exfreundin die Wahl nicht gegönnt hat?«, fragte Paul und sah den dürren Knaben streng an.

Dieser wandte prompt seinen Blick ab. »Ja, ich glaube, dass Ramona ziemlich sauer auf Tina ist.«

»Gerade hast du noch gesagt, dass Ramona sie hasst«, stellte Hannah fest. »Zwischen sauer sein und hassen besteht ein Unterschied. Wie kommst du darauf, dass Ramona Hassgefühle gegenüber deiner Tina hegt?«

»Na ja«, druckste Lorenzo herum. »Sie hat ihr böse Briefe geschrieben.«

»Was für Briefe?«, fragte Paul.

»Äh ... – Ramona hat ihr damit gedroht, dass sie sie irgendwann einmal auf dem Weg von der Schule abfängt und ihr hübsches Gesicht entstellt.«

Paul und Hannah tauschten einen besorgten Blick. Dann fragten sie wie aus einem Mund: »Hast du die Adresse von Ramona?«

Noch drei Stunden bis zur Eröffnung des Nürnberger Christkindlesmarktes

Ramona wohnte in der Gartenstadt. Mit Pauls Renault hatten sie es trotz des vorweihnachtlich starken Verkehrs relativ schnell dorthin geschafft. Sie hielten am Heckenweg und suchten zu Fuß nach der richtigen Hausnummer.

»Hier ist es«, rief Hannah und winkte Paul zu einem Haus am Ende der Straße. Sie klingelten und mussten sich abermals in Geduld üben. Diesmal öffnete eine ältere Frau in Kittelschürze und Kopftuch. Sie stellte sich als Putzfrau vor und rief dann mit rauer, lauter Stimme nach Ramona. »Besuch für Sie, Fräulein Ramona.«

Ramona war der Hammer. Paul bekam Stielaugen beim Anblick der jungen Lady, allerdings nicht, weil er eine natürliche Schönheit vor sich hatte, sondern weil das Mädchen alles daran gesetzt hatte, ihrem noch nicht ganz ausgereiften Körper durch hemmungslose Überbetonung alle weiblichen Attribute abzutrotzen, die entweder noch gar nicht vorhanden waren oder sich gerade erst zart andeuteten.

Paul war viel zu perplex, um diese Möchtegernlolita anzusprechen, ohne irgendwelche fehlplatzierten Bemerkungen fallen zu lassen. Also übernahm Hannah das Reden: »Es hat dir nicht gepasst, dass Tina das Rennen gemacht hat, stimmt das?«

Ramona setzte Schmolllippen auf. Paul war sich sicher, dass sie dies vor dem Spiegel schon tausend Mal geübt hatte. »Die kann mir gestohlen bleiben«, ätzte Ramona. »Tina taugt vielleicht fürs Christkind. Aber ich habe bessere Chancen als Playmate.«

Bis dahin sind es aber noch ein paar Jahre, dachte sich Paul. »Tina ist seit heute früh verschwunden. Wie vom Erdboden verschluckt. Hast du eine Ahnung, wo sie sich aufhalten könnte?«

»Ich?« Ramona huschte ein bösartiges Lächeln über die Lippen. »Warum denn gerade ich?«

»Weil du – wenn Tina nicht rechtzeitig auftauchen sollte – Ersatz-Christkind werden könntest«, antwortete

Hannah und ergänzte bissig: »Das wäre doch ein schönes Motiv, um die Konkurrentin vorübergehend verschwinden zu lassen, oder?«

»Bist du bekloppt?«, empörte sich Ramona und plusterte sich auf. Ihr Sweatshirt spannte über ihrem Minibusen. »Tina ist mir total egal. Und ich werde ganz bestimmt nicht für diese blöde Kuh einspringen!«

»Nicht?«, fragte Paul etwas ratlos.

»Nein. Nie im Leben!« Ramona blickte ihn trotzig an. »Für mich ist der Christkindlesmarkt gestorben. Ich mache meine Karriere woanders.«

Paul sah Hannah an, die wiederum ihn ratlos anblickte. »Dann – Entschuldigung für die Störung«, rang sich Paul ab. Ramona nickte und knallte ihnen die Tür vor der Nase zu.

Paul atmete tief durch und versuchte, seine Gedanken zu ordnen. Er senkte den Blick und wollte bereits gehen, als er eine Zeitung auf der untersten Stufe vor der Eingangstür bemerkte. Eines der vielen Werbeblätter, die tagtäglich verteilt wurden. Ohne sich etwas dabei zu denken, hob er sie auf und schaute sich die lokalen Schlagzeilen an. Dabei sprang ihm ein Artikel ins Auge, der sich mit dem Christkind befasste. Der Größe der Schlagzeile nach zu urteilen, handelte es sich um einen handfesten Skandal:

»Nürnberger Christkind unterschreibt Werbevertrag für Dresdner Christstollen – Nürnberger Lebkuchenhersteller sind empört!«

Paul schaute nachdenklich auf. »Ob die Lebkuchenbäcker so weit gehen würden?«

Noch zwei Stunden bis zur Eröffnung des Nürnberger Christkindlesmarktes

Hätte Paul seinen Bekannten Victor Blohfeld, den Polizeireporter, zu Rate gezogen, hätte dieser hundertprozentig eine blutrünstige Story aus dem neuen Verdacht zusammengeschustert: Skrupellose Lebkuchen-Multis verschleppen das arme Christkind, setzen es unter Druck und werfen es schließlich – weil es sich nicht von dem ostdeutschen Konkurrenzprodukt lossagen will – selbst in die Lebkuchenteigknetmaschine! Das wäre dann das traurige Ende der Geschichte.

»Worüber denken Sie nach?«, wollte Hannah wissen, die ebenso ratlos wie Paul selbst auf den Stufen vor Ramonas Haus kauerte. »Wir haben noch knapp zwei Stunden Zeit – da können wir unmöglich jede Lebkuchenfabrik in der Stadt abklappern.«

»Nein«, bestätigte Paul matt. »Ich glaube auch kaum, dass das Sinn hätte. Ich fürchte, wir haben es hier mit einem Gegner zu tun, der viel subtiler vorgeht und keine auffälligen Spuren hinterlässt.«

»Sie meinen also wirklich, dass Tina entführt wurde.«

»Es sieht beinahe so aus.«

»Was können wir also tun? – Außer zu beten?«

»Beten?« Paul sah Hannah seltsam melancholisch an. »Das ist gar keine schlechte Idee. Lass uns den Rest der Zeit bis zur Christkindlesmarkteröffnung bei Pfarrer Fink verbringen. Vom Sebalder Pfarrhaus ist es nicht weit bis zum Hauptmarkt – und vielleicht weiß Fink ja Rat.«

Hannah stimmte zu, sodass sie keine halbe Stunde später das alte Pfarrhaus gegenüber der Sebalduskirche betraten.

»Was führt ihr zwei denn im Schilde?«, erkundigte sich der korpulente Geistliche mit dem Pferdeschwanz.

Er bat sie in die urig verwinkelte Küche, wo er vor einem bereits halb geleerten Steinkrug mit dunklem Bier Platz nahm. Paul und Hannah setzten sich zu ihm, und Paul verlor keine Zeit, dem Prediger das ganze Drama zu schildern. Fink hörte aufmerksam zu und fuhr sich langsam mit dem Zeigefinger über seinen Schnauzbart. »Ein verlassener Freund, eine verprellte Konkurrentin, ein krimineller Lebküchner«, fasste er zusammen. »Sind das alle Verdächtigen, die ihr auf die Schnelle zusammenbekommen habt?«, fragte er dann reichlich zynisch.

Paul nickte langsam und forschte im Gesicht des Pfarrers nach Anzeichen von Sorge oder anderen Gefühlen der Vermissten gegenüber. Doch da war nichts in dieser Richtung zu entdecken – im Gegenteil: Paul meinte auf Finks Lippen ein leichtes Lächeln zu erkennen.

»Hannah«, setzte Fink betonungsvoll an. »Du durftest doch selbst schon einmal das Christkind geben.«

»Ja«, sagte Hannah und klang ebenso verwirrt, wie sich Paul fühlte. »Zwei Jahre lang. Warum?«

»Dann musst du es doch eigentlich noch wissen«, meinte der Pfarrer.

»Was muss ich wissen?«

»Wie sich eine junge Frau fühlt, wenn sie kurz davor steht, den großen Prolog zu halten. Im Mittelpunkt zu stehen für mehrere tausend Zuhörer auf dem Hauptmarkt und für Fernsehzuschauer auf dem ganzen Globus – von Hintertupfing bis Australien.« Er sah sie ebenso liebevoll wie verständnisvoll an. »Was war denn das für ein Gefühl damals, zu deiner Zeit?«

Hannah klappte den Mund auf und wieder zu. Dann sagte sie. »Es war – na ja – ein wenig im Bauch gekribbelt hat es bei mir schon ...«

»Ein wenig?«, hakte Fink nach.

»Ziemlich stark sogar«, räumte Hannah ein.

»Hattest du angesichts des Lampenfiebers zwischendurch mal ans Aufgeben gedacht?«

»Ich?« Hannahs Pupillen weiteten sich. »Ich nicht – aber das wäre natürlich eine Möglichkeit.«

»Ja!« Paul stand mit einem Satz auf. »Verdammt, dass ich darauf nicht schon längst gekommen bin!« Er sah auf die Uhr. Jetzt würde es für sie sehr knapp werden!

Noch eine Stunde bis zur Eröffnung des Nürnberger Christkindlesmarktes

Tinas Familie wohnte in einem Reiheneckhaus nahe des Stadtparks. Als Paul und Hannah klingelten, wurde ihnen die Tür von einer völlig aufgelösten Frau Mitte vierzig geöffnet. Den Kleidern nach zu urteilen war sie erst kurz vorher von der Arbeit gekommen.

»Sie ist verschwunden!«, kreischte die Frau mit Anzeichen einer bevorstehenden Hysterie. »Ich kam gerade aus dem Büro, wollte mich umziehen und dann schnell auf den Hauptmarkt. Aber der Anrufbeantworter ist voll mit Anrufen. Alle suchen meine Tochter! Sie ist nicht zur Kostümprobe erschienen!«

»Das wissen wir«, versuchte Paul sie zu beruhigen.

Doch die Frau wollte nicht beruhigt werden. Wild fuchtelte sie mit ihren Armen und redete weiter: »Das ist ganz untypisch für meine Tina. Sie ist doch so ein zuverlässiges Mädchen ...«

Aus den Augenwinkeln nahm Paul wahr, wie Hannah an ihnen vorbei ins Haus schlüpfte und die Treppe hinaufging.

»Niemals ist sie ausgerissen. Und sie ruft immer bei uns an, wenn es doch einmal später wird. Es muss etwas passiert sein!« In den Augen der verzweifelten Mutter standen dicke Tränen.

»Sind Sie sicher, dass Ihre Tochter nicht zuhause ist?«, fragte Paul behutsam.

Die Frau sah ihn verständnislos an. »Natürlich bin ich sicher! Ich habe laut nach ihr gerufen, als ich heimkam.«

»Aber in ihrem Zimmer haben Sie nicht nachgesehen«, ahnte Paul.

»Doch, aber ...«, stammelte die Frau.

Im selben Moment kam Hannah die Treppe wieder herunter. An ihrer Hand führte sie ein schlankes Mädchen mit einem schönen, aber verweinten Gesicht. Schluchzend lief Tina auf ihre Mutter zu und sank ihr in die Arme.

»Ich habe mich nicht getraut«, jammerte sie. »Plötzlich habe ich mich nicht mehr getraut und mich unter dem Bett verkrochen!«

Ihre Mutter strich ihr tröstend übers Haar.

Paul räusperte sich und sagte sanft: »Ich kann Sie beide in meinem Wagen mitnehmen. Wir haben noch eine Stunde Zeit, und wenn sich die Kostümleute und die Maskenbildnerin beeilen, steht Tina rechtzeitig auf der Empore der Frauenkirche.«

Tina blickte aus der Umarmung ihrer Mutter auf, sah ihn an und schenkte ihm das warmherzigste Christkindlächeln, das sich Paul vorstellen konnte.

Der Tote im Wöhrder See

Jasmin Stahl hämmerte mit beiden Fäusten gegen die Front des Kaffeeautomaten. Doch zwecklos, er rückte ihren Cappuccino nicht heraus, worauf sie in hemmungsloses Fluchen ausbrach. Letzteres hätte sie wahrscheinlich nicht getan, wenn sie gewusst hätte, dass sie in der Kaffeeküche des Polizeipräsidiums nicht allein war: Frank Federlein, erst seit Kurzem in ihrem Dezernat und von ihr schon auf den Kosenamen »Lackaffe« getauft, hatte sich katzenhaft leise angeschlichen und schaute ihr wahrscheinlich schon eine ganze Weile über die Schulter. Wie nicht anders zu erwarten, kehrte er den Macho heraus und erklärte der Kommissarin, dass Technik nun mal Männersache sei und sie ihn mal ranlassen solle. Jasmin verzichtete darauf, ihn auf ihren Abschluss als Diplomingenieurin hinzuweisen, und auch darauf, die Doppeldeutigkeit des Wortes »ranlassen« zu rügen.

Zu ihrem Verdruss schaffte es Mr. Lackaffe tatsächlich, der Maschine fehlerfrei einen Cappuccino zu entlocken. Er reichte ihn ihr mit Siegeslächeln, und als sie sich dankend abwandte, spürte sie seine Hand auf ihrem Hintern. Normalerweise hätte sie dem vor Selbstbewusstsein strotzenden Kerl eine gescheuert, doch die Berührung seiner Hand war so beiläufig gewesen, dass es ebenso gut ein zufälliges Streifen hätte sein können. Eine Ohrfeige wäre somit unangebracht und wäre ihr als Überreaktion ausgelegt worden. Also verkniff sie sich die Revanche und hielt ihre schon zuckende Hand zurück.

Jasmins Befinden kümmerte Frank Federlein indes nicht die Bohne. Kaum war sie verschwunden, kreisten seine Gedanken wieder um den Auftrag, den er heute vor sich hatte. Und der war alles andere als einfach. Denn es gehörte zu seinen Pflichten, Trauernachrichten zu überbringen. Obwohl der Hauptkommissar seinen Job mochte und weder Konflikte noch Unannehmlichkeiten scheute, zählte das Aufsuchen von Hinterbliebenen nach einem Mordfall zu den wenigen Dingen in seinem Beruf, auf die er gut und gern hätte verzichten können.

Federlein war erst seit wenigen Monaten bei der Mordkommission der Nürnberger Kripo. Er war noch recht jung für seinen Rang und seine Besoldungsstufe. Er hatte sich seinen flotten Aufstieg im gehobenen Polizeivollzugsdienst durch Ehrgeiz, Zielstrebigkeit und vor allem durch seinen wachen Verstand erarbeitet. Federlein hielt sich beileibe nicht für eitel, doch kam es hin und wieder vor, dass er sich vor seinen Garderobenspiegel stellte und den groß gewachsenen, athletischen Mann mit dem markanten Gesicht und den verführerisch dunklen Augen zufrieden betrachtete.

Von Zufriedenheit fehlte in seinem Gesichtsausdruck allerdings jede Spur, als er an diesem späten Donnerstagnachmittag in das Vorzimmer von Dr. Hubert Baumgartner trat, seines Zeichens Generaldirektor der Nürnberger Motorenwerke NMW, deren ausgedehntes Firmengelände sich längsseits der Nopitschstraße erstreckte. Federleins Aufgabe bestand darin, den ahnungslosen Dr. Baumgartner über den gewaltsamen Tod seines Zwillingsbruders Arthur zu informieren. Man hatte den malträtierten Körper Arthur Baumgartners aus einem Rechen des Wöhrder Sees gezogen und bereits bei der ersten, oberflächlichen Leichenbeschauung diverse Verletzungen festgestellt, die dem Mann offenbar mutwillig zugefügt worden waren, noch bevor man ihn in die kalten Fluten gestoßen hatte.

Federleins Unwillen bezüglich der ihm bevorstehenden Pflicht erfuhr eine unerwartete Milderung, als er sich der Vorzimmerdame gegenübersah. Zwar konnte sich Federlein zu der beneidenswerten Sorte Mann zählen, die es beim Schließen neuer Frauenbekanntschaften recht leicht hatte, doch nur selten kam es vor, dass ihn eine Frau spontan in ihren Bann zog. Bei Frau Hofmann – den Namen las er von einer kleinen Tafel ab, die neben dem Telefon auf ihrem Schreibtisch stand – war dies der Fall.

»Federlein«, stellte er sich vor und zückte lächelnd seinen Dienstausweis. Das Lächeln stellte er aber tunlichst wieder ein, als er den Grund seines Kommens nannte.

Frau Hofmanns Augen (groß und azurblau) weiteten sich. Voller Entsetzen hob sie ihre Hände (schmale Finger, gepflegte und dezent lackierte Fingernägel) und presste sie vor ihren Mund (volle Lippen, wundervoll geschwungen). Ein Zittern fuhr durch ihren Körper (schlank, grazil und doch nicht mit Rundungen an den richtigen Stellen geizend), eine einzelne Strähne löste sich aus ihrer Frisur (blondes Haar, von der farblichen Intensität eines Weizenfeldes in der Glut der Morgensonne). Frau Hofmann überwand den Schock, betätigte eine Sprechanlage und informierte ihren Chef (melodiöse Stimme, fein und verführerisch zugleich).

Es kostete Federlein einige Überwindung, sich von dem verheißungsvollen Bild loszureißen, das er sich soeben von Frau Hofmann gemacht hatte. Vor ihm öffnete sich die Tür zu einem Raum, der ihn an die Brücke eines Ozeanliners erinnerte: funktional, groß und wichtig, versehen mit einer breiten Fensterfront, die einen weiten Blick über die Fabrik mit ihren großen Hallen und rauchenden Schloten gewährte.

Dr. Baumgartner, ein stattlicher und ausgesucht gekleideter Herr von etwa fünfzig Jahren, trat ihm mit sorgenvoller Miene entgegen.

»Frau Hofmann sagte, Sie kämen von der Polizei?«

»Federlein. Mordkommission. Sie sind Dr. Baumgartner?«

»Ja, ja, so ist es, angenehm. Herr Federlein, bitte, weshalb sind Sie hier? Frau Hofmann klang sehr erregt.«

»Ich muss Ihnen eine traurige Nachricht überbringen. Es handelt sich um Ihren Bruder Arthur.«

»Arthur? Was ist mit Arthur?«

»Er ist tot. Wir müssen davon ausgehen, dass er einem Gewaltverbrechen zum Opfer gefallen ist.«

»Was? Arthur ist tot? Das kann nicht sein. Sie müssen sich täuschen. – Umgebracht, sagen Sie? Was veranlasst Sie zu dieser Vermutung?«

»Beruhigen Sie sich bitte. Es ist verständlich, dass Ihnen diese Nachricht nahe geht. Möchten Sie sich setzen?«

»Nein, ich möchte nicht sitzen. Herr Federlein, sagen Sie, was Sie wissen. Wer hat meinen Bruder auf dem Gewissen? Wie genau ist er gestorben?«

»Es tut mir leid, aber wir stehen mit unseren Ermittlungen noch ganz am Anfang. Passanten haben die

Leiche Ihres Bruders im Wöhrder See entdeckt und die Polizei gerufen.«

»Im Wöhrder See? Ist er ertrunken?«

»Vermutlich nicht. Wir gehen davon aus, dass er bereits tot war, als er ins Wasser geworfen wurde.«

»Schrecklich! Grauenhaft! Wer hat ihm das angetan? Und warum?«

»Das wissen wir nicht. Wie gesagt: Wir stehen ganz am Anfang.«

»Sind Sie denn sicher, dass es wirklich Arthur ist, den Sie aus dem Wasser geholt haben? Wer hat ihn identifiziert?«

»Eine offizielle Identifizierung steht noch aus, doch er trug seine Papiere bei sich. Ihr Verlust tut mir wirklich sehr leid.«

»Ich begreife es nicht. Wer tut so etwas? Warum mein Bruder, warum ausgerechnet Arthur?«

»Das wissen wir nicht. Noch nicht.« Federlein fiel die erstaunliche Ähnlichkeit zwischen dem Passbild des Toten und dem Mann ihm gegenüber auf, sodass er nicht umhinkam, sich zu erkundigen: »Erlauben Sie mir die Frage: Sind ... Verzeihung, waren Sie beide eineiige Zwillinge?«

»Ja. Arthur hat das Licht der Welt einige Minuten vor mir erblickt, aber ansonsten sind wir absolut identisch in unser Leben gestartet. Warum fragen Sie? Nehmen Sie an, dass es der Mörder von Arthur in Wirklichkeit auf mich abgesehen hatte?«

»Nein, zu dieser Annahme haben wir keinerlei Veranlassung.«

»Also, weshalb dann diese Frage?«

»Nun, verzeihen Sie, aber wie es scheint, pflegte Ihr

Bruder einen Lebenswandel, der sich mit dem Ihren nicht eben vergleichen ließ.«

»Worauf spielen Sie an? – Zugegeben: Arthur hatte viel Pech und ist als Kaufmann mehr als nur einmal gescheitert. Aber er war ein Stehaufmännchen und hat nie aufgegeben.«

»Das stimmt sicherlich. Aber seine Geschäftskontakte reichten zuletzt bis in Kreise hinein, in denen Gewalt zum guten Ton gehört.«

»Wollen Sie meinem Bruder etwas unterschieben? Arthur war kein Verbrecher!«

»Aber er stand mit Verbrechern in Verbindung. Er war mehrfach vorbestraft und hat sogar im Gefängnis gesessen.«

»Das ist lange her. Arthur war kein unrechter Mensch. Er hatte nur – Pech.«

Federlein räusperte sich Respekt verschaffend. »Wie dem auch sei: Wir müssen davon ausgehen, dass sein Mörder in den Reihen eben jener Menschen zu suchen ist, mit denen Ihr Bruder in geschäftlichem Kontakt stand. Können Sie uns weiterhelfen? Sind Ihnen Namen geläufig, die Ihr Bruder in letzter Zeit genannt hat?«

»Arthur und ich ... – wir haben uns nicht mehr sehr oft gesehen in den letzten Jahren.« Dem Kommissar blieb nicht verborgen, wie sein Gesprächspartner nach Worten suchte, um die Fassade aufrechtzuerhalten und das offensichtlich belastete Verhältnis zu seinem Bruder weiterhin zu beschönigen. »Ich habe es nicht gutgeheißen, was er machte. Es kam deshalb häufig zu Diskrepanzen zwischen uns. Ich habe ihm natürlich ausgeholfen. Mit Geld, viel Geld. Aber unser persönlicher Kontakt blieb in den letzten Jahren sehr eingeschränkt.«

»Sie können sich also nicht vorstellen, wer konkret hinter dem Tod Ihres Bruders steckt?«

»Nein. Bedauerlicherweise kann ich das nicht.«

»Trotzdem vielen Dank. Ich lasse Ihnen meine Visitenkarte da, für den Fall, dass Ihnen noch etwas einfällt. Auf Wiedersehen und herzliches Beileid.«

Federlein verließ das Schiffsbrückenbüro und witterte das sportlich frische Parfüm von Frau Hofmann. Dr. Baumgartner folgte ihm auf dem Fuß. Er sah mitgenommen aus, als er seiner Sekretärin mitteilte: »Entschuldigen Sie, Beatrice. Wir müssen unser Dinner ausfallen lassen. Ich bin ... – in Trauer. Aber wir holen es nach. Versprochen.«

Beatrice Hofmanns Wangen färbten sich rot, und ihre Blicke wanderten zwischen Baumgartner und Federlein hin und her. Federlein räumte leicht enttäuscht das Feld.

***

Als Todesursache ließ sich eine Kombination unterschiedlicher Gewalteinwirkungen verifizieren: Arthur Baumgartner war schwer misshandelt worden oder vielmehr gefoltert, wie der Gerichtsmediziner befand. Die finale Verletzung erfolgte durch die Fraktur der Halswirbelsäule. Dass der Leichnam anschließend ins Wasser geworfen worden war, fügte dem toten Körper zwar noch weiteren äußerlichen Schaden zu, aber davon hatte das bedauernswerte Opfer nichts mehr mitbekommen. Letzteres konnte der Gerichtsmediziner mit Bestimmtheit sagen.

»Das hört sich nach einer Hinrichtung in übelster Mafia-Manier an«, schlussfolgerte Federlein, während er an der Seite des Gerichtsmediziners durch die kalten Flure der Pathologie in Erlangen schritt. Der Arzt winkte ab und meinte, dass die Mafia ihre endgültigen Resultate doch wohl eher durch aufgesetzte Kopfschüsse erziele. Und wenn sie Leichen im Wasser verschwinden lassen wolle, dann mit Betonklötzen an den Füßen der Opfer. Federlein musste diesem Argument zustimmen, gleichwohl stand er zu seiner Überzeugung, dass er es mit einem skrupellosen Gewaltverbrecher zu tun hatte.

Die Kollegen aus der eilends eingerichteten Soko »Wöhrder See« hatten ihm mittlerweile sämtliche Unterlagen auf den Schreibtisch gelegt, die sich zu Arthur Baumgartner, seinen Geschäften und seinem Lebenswandel auftreiben ließen. Eine wurde ihm sogar persönlich überreicht: von Jasmin Stahl.

»Na, kommen Sie weiter?«, erkundigte sie sich frostig.

Federlein wurmte es ein wenig, dass die fesche Kollegin sich als völlig unempfänglich für seine Annäherungsversuche erwiesen hatte. Man munkelte, dass sie ihr Herz an einen anderen verloren hätte. Kein Polizist, sondern irgendein Fotograf, verheiratet noch dazu. Also anscheinend eine aussichtslose Romanze. Er schenkte ihr ein zweideutiges Lächeln.

Kaum war Jasmin Stahl abgezogen, setzte sich Federlein sogleich daran, die neuen Informationen eingehend zu studieren. Dabei formte sich ein wenig schönes Bild in seinem Kopf: Arthur schien seinem Bruder vielleicht rein äußerlich wie ein Ei dem anderen geglichen zu haben, nicht aber in seiner Wesensart. Schon in jungen Jahren hatte er über die Stränge geschlagen, war immer wieder in Konflikt mit dem Gesetz geraten. Sein Vorstrafenregister machte einen beachtlichen Eindruck, und immer wieder war Gewalt im Spiel gewesen. Federlein erkannte sehr bald, dass sein Bruder den Zwilling aus einer geschönten Perspektive dargestellt hatte. Denn ein ehrbarer Kaufmann war dieser Arthur mit Sicherheit nicht einen einzigen Tag seines verkorksten Lebens gewesen.

Der Mörder Arthur Baumgartners musste unter seinen letzten Geschäftspartnern zu finden sein, dessen war sich Federlein immer gewisser. Ebenso fest überzeugt war er von der Theorie, dass Arthurs Bruder mehr über diese Geschäftspartner wusste, als er bei ihrem ersten Zusammentreffen einzuräumen bereit gewesen war. Federlein würde Dr. Hubert Baumgartner erneut aufsuchen müssen, um seine Spur zu konkretisieren und dem Täter auf die Schliche zu kommen.

Dr. Baumgartner räumte ihm kurzfristig einen weiteren Termin in seinem engen Zeitplan ein. Doch bevor er das Schiffsbrückenbüro betreten konnte, musste oder durfte Federlein an der bezaubernden Beatrice Hofmann vorbei. Kaum hatte er ihr Revier, das durch den markant-angenehmen Duft ihres Parfüms gekennzeichnet war, erreicht, wurde er von ihrer Aura in Beschlag genommen. Seine Knie wurden weich, als er sich dieser Traumfrau gegenübersah (heute trug sie ein reizend figurbetontes Kostüm, und ihr Lächeln übertraf selbst das Strahlen der Frühlingssonne).

»Ich habe einen Termin beim Chef«, meldete sich Federlein an, wobei er sich mit seinen Händen auf dem Schreibtisch seiner neuen Flamme abstützte und sich ein Stück weit zu ihr vorbeugte.

»Sie stehen im Kalender. Dr. Baumgartner erwartet Sie bereits. Ich sage ihm, dass Sie hier sind.«

»Warten Sie. Einen Moment bitte.«

»Ja?«

»Darf ich Sie, ehem, darf ich Ihnen eine Frage stellen?«

»Eine Frage? Mir? – Ja, warum nicht.«

»Eigentlich sind es sogar zwei Fragen, die ich Ihnen gern stellen würde.«

»Bitte. Ich habe nichts dagegen einzuwenden.«

»Die erste Frage ist dienstlich, die zweite rein privater Natur. Ich habe bei meinem letzten Besuch ein paar Wortfetzen eines Gesprächs zwischen Ihnen und Dr. Baumgartner aufgeschnappt. Offenbar ging es um eine Verabredung zwischen Ihnen beiden. Meine Frage lautet, ob Sie des Öfteren mit Ihrem Chef essen gehen?«

»Diese Frage soll dienstlich sein? Was hat das denn mit dem Mordfall zu tun?«

»Nun ja, sie ist zum Teil dienstlich. Denn ich muss das nähere und weitere Umfeld des Toten erkunden. Also, geben Sie mir eine Antwort, bitte?«

»Die Antwort lautet: nein. Dr. Baumgartner hat mich bislang eher von oben herab behandelt. Dass er mich einmal einladen würde, mit ihm auszugehen, hätte ich mir in den fünf Jahren, die ich schon für ihn arbeite, nie träumen lassen. Dieses Essen – oder Dinner, wie er es nennt – wäre das erste, zu dem er mich ausführt.«

»Sie glauben gar nicht, wie sehr mich Ihre Antwort freut. Sie macht es mir nämlich leichter, meine zweite Frage zu stellen: Würden Sie mit *mir* ausgehen? Zum Essen oder auf einen Drink in eine Bar, meinetwegen gern auch in die Disco?«

»Ich? Mit Ihnen? – Das kommt jetzt ziemlich plötzlich. Aber ... – ja, gern. Hundertmal lieber als mit meinem Chef.«

Gestärkt durch den persönlichen Erfolg und durch die Kraft einer erwachenden Liebe ging Federlein das Gespräch mit Dr. Baumgartner an. Der Firmenlenker war Profi genug, um sich den persönlichen Verlust und die Trauer um seinen Bruder nicht übermäßig anmerken zu lassen und kühl und sachlich auf Federleins Fragen zu antworten. Viel Neues kam dabei allerdings nicht ans Licht. Hubert Baumgartner blieb dabei, seinen verstorbenen Bruder als im Grunde ehrbaren Bürger zu schildern, dem es lediglich durch unglückliche Umstände nicht vergönnt gewesen war, einen ähnlich erfolgreichen Weg einzuschlagen wie er. Auch konkrete Hinweise auf Kontakte seines Bruders zur Nürnberger Unterwelt blieb Dr. Baumgartner dem Kommissar schuldig. Alles in allem wirkte Federleins Gesprächspartner zwar oberflächlich kooperativ, unterschwellig jedoch blockte er ab und ließ sich nicht in die Karten schauen.

Unverrichteter Dinge musste Federlein abziehen.

***

Beatrice hatte das *Café Lukas* in der Kaiserstraße als Treffpunkt vorgeschlagen. Sie saßen im hinteren Eck der Terrasse mit Pegnitzblick und himmelten sich an. Federlein wusste, dass es ihn schwer erwischt hatte. Schon lange nicht mehr war es einer Frau gelungen, sein Herz dermaßen zu entflammen. Die beiden Gläser Weißwein, die er trank, verstärkten diesen Eindruck noch mehr: In seinen Augen saß vor ihm ein Himmelsgeschöpf, das von Minute zu Minute hübscher und unwiderstehlicher wurde. Beatrice schien es ähnlich zu gehen, denn schon bald streifte sie die Pumps von ihren Füßen und tastete sich mit ihren Zehen an Federleins Beinen empor.

Federlein war von euphorischen Empfindungen erfüllt, vergaß gleichwohl nicht seine andere große Leidenschaft: das Ermitteln. Auch wenn es die Romantik kurzzeitig störte, erkundigte er sich: »Wie stand es denn zwischen deinem Chef und seinem Bruder? Waren sie ein Herz und eine Seele?«

»Das kann man nicht gerade behaupten. Dr. Baumgartner hat jedenfalls nie besonders freundlich über Arthur geredet. Im Gegenteil: Ab und zu habe ich mitgekriegt, wie er über seinen Bruder schimpfte. Einmal hat er ihn am Telefon so lautstark zur Schnecke gemacht, dass ich es selbst durch die Doppeltür zu seinem Büro gehört habe. Meistens ging es ums Geld. Ich glaube, mein Chef war es leid, seinem Bruder immer wieder aus der Patsche helfen zu müssen. – Aber das hat sich ja nun erledigt. Ich kann mir gut vorstellen, dass sich Dr. Baumgartners Trauer in Grenzen hält.«

»Hat dein Chef deiner Meinung nach über die Machenschaften seines Bruders Bescheid gewusst?«

»Das glaube ich kaum. Sicher ahnte er, dass Arthur in krumme Geschäfte verwickelt war. Aber er hat sich da herausgehalten. Er wollte nichts damit zu tun haben – aus gutem Grund. Immerhin ist Dr. Baumgartner Vorstand eines der bedeutendsten Nürnberger Unternehmen und muss auf seinen Leumund achten. – Deshalb wundert es mich auch, dass er neuerdings mit mir ausgehen will. Ausgerechnet mit mir, einer kleinen Tippse.«

»Stell dein Licht nicht unter den Scheffel. Du bist eine begehrenswerte Frau!«

»Danke für das Kompliment. Aber seltsam ist es trotzdem.«

»Zugegeben: Sein plötzlicher Sinneswandel scheint mir verdächtig.«

»Verdächtig? Wic du das sagst ... – willst du dich noch einmal mit Dr. Baumgartner unterhalten?«

»Schaden könnte es nicht.«

»Dann tu es gleich morgen früh. Ich kenne ja seinen Terminkalender. In den nächsten Tagen steht eine Messe in Chicago an, dann erwischst du ihn ganz bestimmt nicht mehr.«

»Danke für den Tipp. Du darfst mir gleich für neun einen Termin beim großen Industriekapitän freihalten.«

Beschwingt von der jungen Liebe machte sich Federlein auf den Heimweg. Doch ein Anruf aus dem Präsidium holte ihn abrupt aus den rosaroten Wolken. Jasmin Stahl war am Apparat. Gerade jetzt, da er sich einer anderen Frau zuwenden wollte, passte sie ihm gar nicht ins Konzept. Dennoch hörte er zu, was sie zu sagen hatte. Die Soko »Wöhrder See« vermeldete wichtige Neuigkeiten: Dr. Baumgartner hatte sich überraschend aus der Spitze der NMW zurückgezogen und seinen Vorstandsposten niedergelegt. Aus persönlichen Gründen, wie es aus dem Unternehmen verlautete. Zudem hatte er angekündigt, seinen nicht unerheblichen Aktienanteil zu Geld zu machen. Seinen Termin in Chicago wolle er zwar noch wahrnehmen, unmittelbar danach aber den neuen Lebensabschnitt als Privatier beginnen. Federleins Kollegin mutmaßte am Telefon, dass ihn der gewaltsame Tod seines Bruders aus der Bahn geworfen und er sich deshalb zu diesem scharfen Schnitt in seinem Lebenslauf entschlossen habe. In Federlein selbst keimten indes ganz andere Gedanken. Die aber behielt er vorerst für sich.

***

Beatrice empfing ihn am nächsten Morgen mit einem Lächeln, das ihn verzauberte wie die Wunderkraft einer Märchenfee. Ihm wurde warm und kalt zugleich, als er bei der Begrüßung die zarte Haut ihrer Hand berührte und ihr einen vorsichtigen Kuss auf die Wange setzte. Dann zogen sich die Brauen über seinen Augen zusammen, während er seine Angebetete ernst ansah. Mit gewählten Worten kündigte er ihr an, dass er gekommen sei, um seines Amtes zu walten. Dass es wahrscheinlich in wenigen Minuten zu einigen unschönen Szenen kommen könne, ja, vielleicht sogar eine Verhaftung ins Haus stehe. Ob sie stark genug sei, einen solchen Aufruhr in ihrer unmittelbaren Umgebung zu verkraften? Beatrice nickte (mit dem scheuen Blick eines Rehs). Federlein lächelte ihr ermutigend zu und deutete auf die Sprechanlage. Beatrice verstand und informierte ihren Chef über Federleins Eintreffen.

Dr. Baumgartner empfing ihn mit festem Händedruck und unverbindlichem Lächeln. Federlein, der fast die ganze Nacht kein Auge zugemacht hatte, weil ihn ein ungeheuerlicher Verdacht umtrieb, betrachtete sein Gegenüber voller Argwohn.

»Was führt Sie erneut zu mir?«, wollte der scheidende Firmenchef wissen.

»Die Ermittlungen um den Tod Ihres Bruders.«

»Ich habe Ihnen alles gesagt, was ich weiß. Mehr kann ich nicht tun, um Ihnen zu helfen. Haben Sie inzwischen eine heiße Spur?«

»Ich glaube ja.«

»Sie glauben?«

»Richtig. Denn bisher ist es nur eine Vermutung, zu der mir die Beweise fehlen.«

»Lassen Sic mich an Ihrem Wissen oder an Ihrer Ahnung teilhaben? Ich bin neugierig.«

»Zunächst muss ich mich vergewissern: Trifft es zu, dass Sie den NMW den Rücken kehren und ihre Aktienfonds auflösen?«

»Ja. Aber das ist kein Geheimnis, sondern ein seit Langem geplanter unternehmerischer Vorgang. Wir haben dazu eine offizielle Presseerklärung herausgegeben.«

»Nennen Sie mir die Gründe für diesen Schritt? Hat es mit dem Tod Ihres Bruders zu tun?«

»Nein. Wie gesagt: Ich hatte schon länger damit geliebäugelt, beruflich kürzer zu treten und die Verantwortung in jüngere Hände zu übergeben. Außerdem ist es für mich an der Zeit, den Lohn der jahrzehntelangen Mühe einzufahren und das Leben zu genießen.«

»Kann es vielleicht auch einen anderen Grund für Ihren plötzlichen Entschluss geben?«

»Welchen anderen Grund? Worauf wollen Sie hinaus?«

»Wissen Sie das nicht selbst am besten?«

»Nein. Sie sprechen in Rätseln, und ich würde Ihnen dringend raten, endlich auf den Punkt zu kommen, denn meine Zeit ist begrenzt.«

»Ja, ja, ich weiß: Die Reise nach Chicago steht unmittelbar bevor. Eine Reise ohne Wiederkehr, habe ich recht?«

»Ihre Andeutungen entbehren jedweder Logik. Sagen Sie endlich: Worauf wollen Sie eigentlich hinaus?«

»Lassen Sie mich darauf mit einer Gegenfrage antworten: Gehe ich recht in der Annahme, dass Sie Ihre Flucht planen?«

»Flucht? Das ist lachhaft! Vor wem oder was sollte ich flüchten?«

»Vor mir. Vor uns. Vor der Polizei, Herr Baumgartner. – Oder sollte ich Sie lieber bei Ihrem Vornamen nennen: Arthur?«

Federlein hatte sich darauf konzentriert, sein Verhör zielstrebig aufzubauen und auf einen bestimmten Punkt hinzuarbeiten. Er hatte dabei auf jede Antwort, jedes Wort und jede Silbe, ja, jede Veränderung der Mimik seines Gegenübers geachtet. Des Mannes, den er für einen Mörder hielt. Dennoch wurde er vollkommen überrascht von der schnellen Bewegung, mit der Baumgartner einen länglichen, konisch zulaufenden Gegenstand hinter seinem Schreibtisch hervorzog und mit beiden Händen in die Höhe schwang.

Federlein konnte sich nur leidlich schützen, sodass ihn der Aufprall des Baseballschlägers vom Stuhl schmiss. Benommen und aus einer Platzwunde an der Stirn blutend sah er zu Baumgartner auf. Dieser holte ein zweites Mal aus und schlug zu. Federlein spürte kaum Schmerzen, erlitt dafür aber einen Schock, der ihn wie erstarrt auf dem Boden liegen ließ.

Er nahm die Welt um sich wie durch einen Nebel wahr. Doch er bekam mit, dass sich die Flügeltür des Büros öffnete. Dass jemand in den Raum kam. Eine schemenhafte Erscheinung, die sich über ihn beugte. Dann erkannte er: Es war Beatrice!

Er streckte ihr seine Arme entgegen, versuchte, um Hilfe zu rufen. Doch seine Stimme gehorchte ihm nicht mehr. Er blieb stumm und wehrlos am Boden liegen.

Beatrice ging neben ihm in die Hocke. Sie streichelte sein Haar und schenkte ihm ihr wunderschönes Lächeln. Gleich darauf erklang ihre verzückende Stimme:

»Du armer Idiot. Dachtest, ich fahre auf deine Masche ab. Wie dumm von dir! Hast du ernsthaft angenommen, dein bescheidenes Polizistengehalt hätte mich auch nur eine Sekunde lang reizen können?« Sie lachte herzhaft. »Arthur ist der neue Mann an meiner Seite. Er wird mir all meine Wünsche erfüllen.«

Federlein war entsetzt über diese Enthüllung. Er sah die Frau seiner Träume an, blickte in ihre unschuldigen Augen, in ihr Engelsgesicht. Abermals versuchte er, Worte zu bilden, doch seine Lippen bewegten sich nicht.

Baumgartner holte zum dritten Schlag aus. Das war das Letzte, was Federlein sah.

Die toten Augen von Nürnberg

»Wissen Sie, worin das eigentliche Problem liegt?«

Carla Winkelberg zuckte mit den Schultern und sah den hageren Reporter mit einer Mischung aus Ratlosigkeit, Widerwillen und nur sehr mäßigem Interesse an.

»Das Problem liegt darin, dass es in dieser gottverdammten Stadt schlicht und einfach nicht genügend Morde gibt, um zwei Polizeireporter zu beschäftigen«, stellte Victor Blohfeld kategorisch fest und wartete auf eine Reaktion der jungen Frau, die ihm in seinem schmuddeligen Redaktionsbüro gegenübersaß.

Carla Winkelberg, die mit ihren 26 Jahren bereits ein Studium, ein Volontariat und ein knappes Jahr Berufserfahrung vorzuweisen hatte, dachte gar nicht daran, sich von ihrem Vorgesetzten ins Bockshorn jagen zu lassen. »Wenn Sie es nicht ertragen, dass Ihnen eine Jungredakteurin zugeteilt worden ist, um ein paar flotter geschriebene Polizeigeschichten ins Blatt zu hieven, dann lassen Sie Ihren Frust doch bitte nach Feierabend in der Kneipe oder bei sich zu Hause raus, aber nicht bei mir.« Die energische junge Frau, deren Pausbäckchen sich rötlich verfärbten, sah den altgedienten Boulevardreporter düster an. »Ich kann nichts dafür, dass mich der Redaktionsleiter dazu verdonnert hat, mit Ihnen zusammenzuarbeiten. Sie können mir glauben: Das Feuilleton hätte mich weitaus mehr gereizt.«

Blohfeld verfluchte gedanklich seinen Chef, den jung-dynamischen Redaktionsleiter Andi Schock, doch ihm blieb nichts anderes übrig, als die neue Frau in seiner unmittelbaren Umgebung zu akzeptieren oder wenigstens zu tolerieren. Am besten wäre es wohl, wenn er so schnell wie möglich eine Beschäftigung für sie finden würde – dann wäre er sie zumindest für eine Weile los, könnte sich eine seiner geliebten Havannas genehmigen und in aller Seelenruhe sein Büro einräuchern.

Beherzt griff er nach einem Stapel Faxe und Computerausdrucke, wühlte eine Weile darin herum und fischte schließlich ein Blatt heraus, das den Rand einer Kaffeetasse und weitere undefinierbare Verschmutzungen aufwies. Er hielt Carla Winkelberg den Bogen Papier hin.

Diese nahm ihn mit spitzen Fingern entgegen, warf einen kurzen Blick darauf und fragte: »Was soll das sein?«

Blohfeld verzog den Mund. »Wer lesen kann, ist klar im Vorteil«, konnte er sich nicht verkneifen zu sagen. »Ein Auszug aus dem Polizeibericht, eine Vermisstensache.«

»Vermisstensache?«, wiederholte Carla wenig glücklich. »Wollen Sie mich etwa mit der Suche nach einer alten Oma abspeisen, die aus dem Seniorenstift geflohen ist?«

»Wie gesagt: Es herrscht zurzeit ein akuter Mangel an Mord und Totschlag. An Ihrer Stelle würde ich mich glücklich schätzen, diesen Auftrag bekommen zu haben, meinem Vorgesetzten für die große Chance danken und mich unverzüglich an die Arbeit machen.«

»Aber ich ...«, Carla Winkelberg hielt den Zettel noch immer auf Abstand.

»Kein Aber«, sagte Blohfeld resolut. »In Nürnberg verschwinden alle naslang Leute. Die meisten tauchen freilich wenig später wieder auf, und es stecken keine großartigen Geschichten dahinter. Aber bei der jungen Dame, um die es sich in dieser Angelegenheit dreht, scheint es um mehr zu gehen. Sie gilt schon seit über einer Woche als abgängig. Ein hübsches Ding. Wer weiß: Vielleicht war's ein Sexualdelikt und Sie bekommen am Ende des Tages doch noch Ihre Tote.«

»Sehr witzig«, keifte Carla Winkelberg und vertiefte sich widerwillig in den Polizeibericht. »Elena, 21 Jahre. Mmm, das Mädchen war russischstämmig. Reiste ein, um in Erlangen zu studieren. Hier steht, dass sie zuletzt als Haushaltshilfe bei einer Familie Bauer in der Sebalder Altstadt gearbeitet hat. Ein Herr Waldemar Bauer ist als Adressat aufgeführt.«

»Was verraten uns diese dürren Informationen?«, fragte Blohfeld.

»Ich weiß nicht. Sagen Sie es mir.«

»Nichts. Gar nichts! Aber sie bieten genügend Nährstoff für Spekulationen: Vielleicht hat Elena die Nase voll davon gehabt, bei den Bauers für einen Hungerlohn zu putzen, und tanzt jetzt für die dreifache Gage in einem Striptease-Schuppen. Dann ist die Geschichte für uns uninteressant«, mutmaßte Blohfeld. »Ebenso gut kann es aber sein, dass ihr etwas passiert ist und Elena uns eine hübsche Schlagzeile beschert.« Er sprang auf und wedelte mit seinen Armen. »Also los, Carla!«, forderte er sie auf. »Stürzen Sie sich auf den Fall! Am besten fangen Sie bei diesem Herrn Bauer an. Quetschen Sie ihn aus und bringen Sie alles in Erfahrung, was er über Elena und ihr näheres Umfeld weiß.«

Carla Winkelberg war verblüfft, als sie die Adresse der Bauers am Burgberg aufsuchte, eine wahrhaft außergewöhnliche Behausung: Die Familie lebte in einem der unzähligen Stadtmauertürme, von denen sie zwar wusste, dass die Stadt etliche von ihnen vermietete. Sie selbst hatte aber noch nie die Gelegenheit dazu gehabt, eine so extravagante Wohnlage in Augenschein zu nehmen. Ihr ungeliebter Auftrag schien also auch gute Seiten zu haben, dachte Carla, als sie einen im rötlich-braunen Sandstein eingelassenen Klingelknopf drückte.

Eine ältere Frau öffnete ihr, weißhaarig, mit gebeugtem Rücken. »Sie sind sicher das Fräulein von der Zeitung, das sich angekündigt hat.« Freundlich bat sie Carla herein.

»Danke, es ist nett, dass Sie sich Zeit nehmen, meine Fragen zu beantworten.« Carla trat in einen beengten Vorraum, der von unverputzten Mauern umschlossen war und unmittelbar in ein Treppenhaus mündete.

»Die Fragen richten Sie lieber an meinen Sohn Waldemar«, sagte die Alte. »Er hat das bessere Gedächtnis. Ich kann die vielen Putzhilfen, die hier schon ein- und ausgegangen sind, nicht mehr unterscheiden.« Sie fasste Carla am Arm und raunte ihr zu: »Wenn mein Waldi nur endlich heiraten würde, könnten wir uns den ständigen Personalwechsel ersparen. Fünfundvierzig ist er vorletzte Woche geworden – und noch immer keine Ehefrau in Sicht. Keine ist ihm recht. Als Mutter hat man es mit einem solchen Sohn nicht leicht.«

Carla entging keineswegs, wie die Alte sie dabei musterte, als wollte sie sie als mögliche Kandidatin für ihren ewigen Junggesellen in Betracht ziehen.

Eine steile hölzerne Treppe führte über zwei Zwischengeschosse hinweg bis hinauf in einen Wohnraum, dessen Einrichtung rustikal war und dem etwas düsteren Ambiente des Wehrturms entsprach. Auf einem tannengrünen Ledersofa, das auch in einen englischen Club gepasst hätte, saß ein beleibter blasser Mann mit Halbglatze. Er erhob sich nicht ohne Mühen und streckte Carla seine fleischige Hand entgegen. Sie war warm und feucht.

»Bauer«, sagte er mit einem Grinsen, das Carla nicht ganz geheuer war. »Waldemar Bauer. Meine Mutter Gudrun haben Sie ja schon kennengelernt.«

»Habe ich, ja, danke«, sagte Carla und setzte sich, nachdem sich der Haus- oder Turmherr ebenfalls wieder niedergelassen hatte, auf einen antik anmutenden Stuhl. »Wie Sie wissen, bin ich Reporterin und verfasse einen Bericht über das Verschwinden von Elena, Ihrer Haushaltshilfe.«

»Ja, eine schlimme Geschichte«, sagte Waldemar Bauer betrübt. »Elena war so ein zuverlässiges und freundliches Geschöpf. Es ist besonders schade um sie.«

Carla blickte von ihrem Notizblock auf. »Sie sagen ›war‹? Gehen Sie denn davon aus, dass Elena nicht mehr lebt?«

»Sie ist seit zwei Wochen überfällig. Bei ihren Eltern hat sie sich, sofern ich weiß, auch nicht gemeldet. Die Polizei fahndet nach ihr, bisher ohne Erfolg. Was denken Sie denn?«

»Mein Sohn hat die Hoffnung aufgegeben«, meinte Gudrun Bauer, die mit einem klappernden Tablett voller Kaffeetassen, Zucker und Milch hereinkam. »Dabei war er sehr angetan von dem charmanten russischen Fräulein.«

»Mutter«, sagte Waldemar Bauer streng. »Unterlass bitte deine Kommentare. Das tut nichts zur Sache.«

»Können Sie mir Näheres über Elena berichten?«, fragte Carla und ließ sich Kaffee eingießen. »Hatte sie sich in der Zeit vor ihrem Verschwinden verändert? Hatte sie Probleme, womöglich Schwierigkeiten finanzieller Natur?«

Die Bauers konnten darauf nicht antworten, sondern stellten nur Mutmaßungen an, die Carla nicht weiterbrachten. Das Interview wäre deshalb schneller beendet gewesen, als beabsichtigt, doch dann konnte Carla nicht umhin, ein paar Fragen zu stellen, die nichts mit dem Fall zu tun hatten, sie aber persönlich interessierten:

»Wie lange wohnen Sie eigentlich schon in diesem Turm?«

Waldemar Bauer schmunzelte. »Ein Leben lang. Ich bin hier geboren worden.«

Da sich Carlas Stirn ungläubig kräuselte, fügte Gudrun Bauer hinzu: »Die Stadt hat strenge Auflagen, wenn es um die Vermietung der Türme geht.«

»Genau«, pflichtete der Sohn ihr bei. »Die Chance, eine solche Wohnung zu ergattern, kommt einem Lottogewinn gleich.«

»Deshalb gibt man einen Turm, den man einmal in Beschlag genommen hat, nicht wieder her«, sagte die Alte und verschränkte die Arme vor ihrer stattlichen Brust, als wolle sie ihre Worte mit dieser Geste untermauern.

»Unsere Familie lebt seit dem 17. Jahrhundert in diesem Turm«, verkündete Waldemar Bauer stolz. »Und zwar ohne Unterbrechung.«

»Das Wohnrecht ist von Generation zu Generation weitergereicht worden«, ergänzte die Mutter.

»Nichts und niemand konnte uns aus diesen Mauern vertreiben«, sagte Waldemar Bauer. »Weder Feuersbrünste, Unruhen oder Epidemien noch Kriege. Die Bauers haben sich wacker geschlagen und ihr Heim gegen jegliche Unbilden verteidigt.«

»Die beiden sind ein bisschen verschroben, aber ansonsten recht amüsant«, beschrieb Carla ihre eigentümlichen Gesprächspartner, als sie wenig später wieder im verqualmten Büro von Victor Blohfeld saß.

»Die Bauers scheren mich einen Dreck!«, machte der Reporter klar und verdarb Carlas mühsam zurückgewonnene gute Laune. »Ich will wissen, was mit Elena passiert ist. Ob sie depressiv in die Pegnitz gehüpft oder nymphomanisch veranlagt bei Knebelspielen erstickt ist. Ich brauche Fakten, Fakten, Fakten! Hören Sie sich um und finden Sie heraus, auf was Elena stand und was sie verabscheute. Ich will wissen, ob sie Spielerin war und Schulden gemacht hat, an der Nadel hing oder ungewollt schwanger wurde – womöglich von diesem Burgfried, dem Waldemar. Am besten, Sie statten den beiden seltsamen Turmbewohnern möglichst bald einen zweiten Besuch ab. Bei den beiden haben Sie doch bloß an der Oberfläche gekratzt, da ist viel mehr drin!«

Niedergeschlagen verließ Carla Blohfelds Büro. So ein Mist, dachte sie. Den halben Tag hatte sie bereits vertrödelt und noch keine einzige Zeile zu Papier gebracht. Redaktionsleiter Andi Schock dürfte ja eine schöne Meinung von ihr haben. Wie es hieß, fackelte Schock nicht lange, neue Leute wieder rauszuschmeißen, wenn diese die in sie gesetzten Erwartungen nicht erfüllten.

Carla wollte aber nicht gefeuert werden. Nicht schon in der ersten Woche! Also nahm sie all ihren Mumm samt ihrem Ehrgeiz zusammen, um abermals den Stadtturm aufzusuchen.

Blohfeld verfolgte indes ihren Abgang mit despektierlichen Blicken und schüttelte abfällig den Kopf. Dann lehnte er sich zurück und gähnte ausgiebig. Sein Interesse an der vermissten Frau war von Anfang an nicht besonders groß gewesen, verlor sich angesichts Carlas unergiebiger Recherchemethoden allmählich aber vollends. Stattdessen begann er sich für die Bauers und mehr noch ihre eigenwillige Behausung zu erwärmen: Ein Leben im Stadtturm, das war mal eine ganz andere Story. Das besaß Charme und einen gewissen Reiz.

Er gab die Bauers mitsamt Adresse bei Google ein und stieß auf Beachtliches: Über Generationen hinweg hauste diese alteingesessene Nürnberger Sippe zwischen den Zinnen der Stadtmauer und erledigte diverse Aufgaben für die Stadtherren. Die Bauers waren über ein Jahrhundert lang für Ausbesserungsarbeiten an Mauern und Türmen in ihrem Quartier zuständig gewesen, unterhielten dafür eigens ein Bleilager. Im Winter horteten sie Eis und Schnee, den sie in sogenannten Eisschächten in den Kellergewölben lagerten, um im Sommer für die Kühlung verderblicher Waren zu sorgen. Wegen des ganz speziellen Klimas in ihren Kellerräumen, der kühlen trockenen Luft und womöglich auch der konservierenden Wirkung der Bleiplatten wurden die Bauers mit Lageraufträgen aus der Kaiserburg und den Kirchen betraut.

Klingt spannend, fand Blohfeld und nahm sich vor, Carla bei nächster Gelegenheit von der Vermisstensache abzuziehen und nun doch mit einer Story über die Turmfamilie Bauer zu betrauen. Das wäre dann zwar nicht mehr die erhoffte Blut- und Tränengeschichte, käme bei den Lesern aber bestimmt auch gut an. Ob Carla zu einer solchen Reportage imstande war?

Gudrun Bauer wirkte erstaunt, als sie die gotische Holztür öffnete und ihr die Journalistin ein zweites Mal an diesem Tag gegenüberstand. Doch dann erhellte sich ihre Miene und sie bat Carla herein.

Die Journalistin konnte sich denken, worüber die Alte sich so freute: Sie dachte wohl, dass Carla wegen ihres Sohnes wiedergekommen sei. Aber da hatte sie sich gründlich getäuscht, denn auf den unbeholfenen Charme dieses dicklichen Mittvierzigers konnte Carla getrost pfeifen. Also stellte sie unmissverständlich klar: »Beim Schreiben meines Artikels bin ich auf einige Unstimmigkeiten gestoßen, die ich gern klären würde.«

»Unstimmigkeiten?« Die Alte sackte enttäuscht in sich zusammen. »Unterhalten Sie sich lieber mit meinem Sohn, wenn Sie weitere Fragen über Elena haben. Er hat das bessere Gedächtnis ...«

»Schon wieder Sie?«, entfuhr es Waldemar Bauer, der offensichtlich ebenso erstaunt über Carlas abermaligen Besuch war wie seine Mutter, dem aber keine positiven Aspekte abgewinnen konnte.

»Ja«, sagte Carla frei heraus. »Ich brauche weitere Informationen für meinen Text. Mehr Fakten über Elena.«

Diese blieb Bauer ihr schuldig, auch wenn er sich bemühte, jede noch so unbedeutende Einzelheit über Elenas Aussehen und ihre Art, mit Staubwedel und Wischlappen umzugehen, aufzulisten. Nichts und wieder nichts kam bei seinen Schilderungen heraus.

Ihre Enttäuschung war Carla wohl allzu deutlich anzumerken, denn Bauer lenkte plötzlich ein, fand versöhnliche Worte und lud Carla schließlich sogar zu einer Turmbesichtigung ein, die sie bereitwillig annahm.

»Das Leben in einem Stadtturm müssen Sie sich ähnlich dem in einem Leuchtturm vorstellen«, leitete Waldemar ein und führte sie in eine der beengten Zwischenetagen, die eine Küchenzeile und einen schmalen Vorratsraum beherbergte. »Wir sind dazu verdammt, ständig nach oben oder nach unten zu laufen, und daher fast immer in Bewegung. Für jeden Zweck gibt es eine eigene Etage. Das ist mitunter anstrengend, denn ein Fahrstuhl findet in diesen beengten Verhältnissen keinen Platz.«

Waldemar berichtete Anekdotenreiches über das Leben im Turm, das geprägt war von seiner räumlichen Staffelung und mehr in der Vertikalen als in der Horizontalen stattfand. Er zeichnete Carla gedanklich die Aufteilung in Wohn-, Ess- und Schlafbereich auf und schilderte die Schwierigkeiten, die es bereitete, in den schmalbrüstigen Räumen mehrere Gäste gleichzeitig aufnehmen zu können.

»Mitunter müssen wir sogar in den Keller ausweichen«, meinte Waldemar und fragte: »Wollen Sie den auch sehen?«

»Nichts lieber als das!«, strahlte Carla, die sich auf ein authentisches Gewölbe aus den Anfangszeiten der Nürnberger Stadtgeschichte freute.

Sie war angenehm überrascht über Waldemars Gastfreundschaft und folgte ihm ohne Argwohn die steilen Stufen bis ins Kellergeschoss hinab. Mit jedem Schritt aber wurde es dunkler und kälter, und als sie einen nur von ein paar schwachen Glühbirnen beleuchteten Säulengang erreichten, spürte sie einen prickelnden Schauder.

»Ganz schön unheimlich«, flüsterte sie, weil die intensive Wirkung des Gewölbes sich bemerkbar machte und lautes Sprechen unterband.

»Ja, dieses Gemäuer birgt die tiefsten Geheimnisse der vergangenen Jahrhunderte«, sagte Waldemar gedämpft und führte sie entlang an grob behauenen Mauersteinen, vorbei an mannsdicken Pfeilern und antikem Mobiliar bis zu einer mit Metallbeschlägen versehenen Holztür. Der Turmherr steckte einen archaisch anmutenden Schlüssel ins Schloss und drehte ihn langsam. »Hierher führe ich nur die wenigsten meiner Gäste«, kündigte er salbungsvoll an. »Sie dürfen sich geehrt fühlen.«

Carla stockte. »Durfte Elena Sie auch in diesen Raum begleiten?«, fragte sie mit leise aufkeimender innerer Unruhe.

Statt zu antworten zog Waldemar die schwere Pforte auf. Die Scharniere quietschten, und ein eiskalter Hauch abgestandener Luft ließ Carla das Blut in den Adern gefrieren.

Sie spürte Waldemars Handfläche auf ihrem Rücken, als er sie langsam, aber bestimmt in eine niedrige Kammer führte, in der es noch dunkler war als im Gewölbegang. Carla erkannte kaum die begrenzenden Wände, erahnte lediglich einige versenkte Nischen, in denen sich das schwache Restlicht glitzernd fing.

»Die Eisschächte«, erklärte Waldemar, dessen Stimme nun ebenso kalt war wie die Umgebung.

Carla begann zu zittern, bewegte sich jedoch nicht vom Fleck. Als sich ihre Augen an das Dämmerlicht gewöhnten, gab der Raum weitere Details preis: Sie sah einen Stapel aschgrauer Metallplatten, altertümliches Handwerkszeug, metallische Apparaturen, die an Operationssäle von anno dazumal erinnerten – und dann sah sie auch die steinernen Bahren.

»Was ... was ist das?«, stieß sie heiser aus.

»Das sind unsere Sammelstücke. Eines schöner als das andere. Zusammengestellt und liebevoll gepflegt seit beinahe 300 Jahren.«

Carla trat zaghaft näher heran und konnte kaum glauben, was sie erblickte: Als würden sie friedlich schlafen, lagen die Körper mehrerer junger Frauen auf den steinernen Betten. Nackt, mit weißer, beinahe transparenter Haut, unter der sich die zierlichen Knochen und Sehnen abzeichneten. Ihre Gesichter waren glatt und entspannt und die Lider geöffnet: Ihre starren Augen waren klar und funkelten, als wären sie aus Glas.

Ein Wachsfigurenkabinett, schoss es Carla durch den Kopf, doch instinktiv wusste sie es besser. Das, was ihr Gastgeber ihr bot, war eine makabre Zurschaustellung von Körpern toter Frauen! Für die Ewigkeit aufgebahrt in der Eiseskälte dieser Gruft und auf wundersame Weise konserviert.

Waldemar wich Carla nicht von der Seite, als er seelenruhig berichtete: »Den Anfang machte 1791 eine namenlose Magd, die – von meinem Vorfahr geschwängert – eine Gefahr für den Familienfrieden darstellte und deshalb verschwinden musste. Mein Ahn versteckte sie im Keller und bemerkte, dass der Leichnam nicht verweste. Diesen günstigen Umstand machten sich seine Nachkommen zunutze, um nach und nach weitere Damen einzulagern. Die Pflege dieser Tradition wurde von Generation zu Generation weitergegeben. Mein

Großvater fügte der Sammlung eine Hausiererin hinzu, die bei uns angeklopft hatte, um zu betteln. Mein Vater eine Zofe und eine Köchin. Ich selbst habe bisher zwei Anhalterinnen beigesteuert.«

Entsetzt presste Carla ihre Hände vor den Mund, als Waldemar auf einen steinernen Sims deutete, der noch nicht belegt war. »Diesen Ehrenplatz habe ich für Sie reserviert«, sagte er weihevoll.

Schreckerfüllt und mit wild schlagendem Herzen entschloss sich Carla zum Äußersten. Obwohl sie Bauer kräftemäßig bei Weitem unterlegen war, setzte sie alles auf eine Karte, boxte ihm mit beiden Fäusten in den Magen, zog das Knie an und versenkte es in seinem Unterleib. Stöhnend ging der beleibte Mann zu Boden.

Carla hastete aus der Gruft, presste sich mit ihrem ganzen Körpergewicht gegen die schwere Pforte und drückte sie zurück ins Schloss. Sie drehte den großen Schlüssel dreimal um, dann erst setzte sie ihre Flucht fort, rannte durch den Gewölbekeller, die Treppe hinauf.

Am oberen Treppenabsatz erwartete sie Gudrun Bauer. Die alte Frau sah sie wirr und eingeschüchtert an. »Was ist geschehen?«, fragte sie unsicher.

Carla lief an ihr vorbei und rief ihr zu: »Ihr Sohn ist wahnsinnig! Wissen Sie über die Leichen im Keller Bescheid?«

»Leichen?« Die Alte wurde blass, taumelte und suchte Halt am Pfosten des Treppengeländers. »Ich bin selten im Keller. Die hinteren Räume habe ich nie betreten. Waldemar schließt seinen Hobbyraum immer ab.«

»Hobbyraum?« Carla konnte ein hysterisches Lachen nicht unterdrücken. Fahrig sah sie sich um. »Wo steht Ihr Telefon? Wir müssen sofort die Polizei verständigen!«

Gudrun Bauer deutete mit zitterndem Zeigefinger auf eine Nische neben der Haustür. »Die Polizei? Meinen Sie, das ist wirklich nötig?«

Carla sah sie entgeistert an. »Wahnsinnig, hier sind alle wahnsinnig«, dachte sie laut und wandte sich dem Telefonapparat zu. Sie nahm den Hörer ab, drückte die erste Zahl des dreistelligen Notrufs.

In diesem Augenblick spürte sie einen schmerzhaften Einstich im Oberarm. Überrascht drehte sie sich um, sah Gudrun Bauer, die eine große Spritze mit silbern glänzender Kanüle in der Hand hielt.

»Oh, mein Gott!«, fuhr Carla auf und stieß die alte Frau beiseite. »Was haben Sie getan? Was haben Sie mir injiziert?« Sogleich spürte sie eine schnell zunehmende Übelkeit und wilde Schwindelgefühle.

Gudrun Bauer betrachtete die Spritze in ihrer Hand aus großen Augen. »Ich weiß es nicht genau«, sagte sie unbeteiligt. »Waldemar hat das Serum entwickelt. Es sorgt dafür, dass sich keine Totenflecken bilden und dass die Augen ihren Glanz nicht verlieren.«

Seit drei Tagen war Carla überfällig. Drei Tage unentschuldigt dem Dienst ferngeblieben. Blohfeld überraschte das wenig, denn er hatte es von vornherein im Gespür gehabt, dass die eigensinnige Jungredakteurin in seinem Ressort nicht alt werden würde. Wahrscheinlich suchte sie sich bereits eine andere Stelle und würde ihre Kündigung irgendwann per Post schicken.

Blohfeld würde ihr ganz sicher keine Träne nachweinen. Nur um die Stadtturm-Story war es schade, wie er fand. Die wollte er nicht einfach fallen lassen. Kurz dachte er darüber nach, ob er sich selbst dahinterklemmen und die Bauers interviewen sollte. Aber der Berg unerledigter Arbeit auf seinem Schreibtisch hielt ihn davon ab.

Aus den Augenwinkeln sah er Sonja, die ebenso schüchterne wie hübsche Volontärin aus der Lokalredaktion, die mit einem Becher Automatenkaffee an seinem Büro vorbeischlenderte. Die Homestory bei den Bauers wäre doch genau das Richtige für sie! Er rief sie zu sich.

Zeit zum Sterben

»Wissen Sie, was das wirklich Tragische am Altwerden ist? Dass man unsichtbar wird. Ja, wirklich, es ist ein weitverbreitetes Phänomen. Als junger Mensch besitzt man gewisse Eigenschaften, die wahrgenommen werden: Man ist entweder dick oder dünn, groß oder klein, hübsch oder hässlich, in jedem Fall aber wird man beachtet. Das lässt mit dem Alter mehr und mehr nach, immer weniger Mitmenschen schenken einem Aufmerksamkeit – sie sehen durch einen hindurch. Unsichtbar, ja, man wird unsichtbar.«

Kriminaloberkommissarin Jasmin Stahl schmunzelte, als sie den betagten Mann ansah, der ihr gegenübersaß. Sein weniges verbliebenes Haar lag in sorgsam arrangierten Strähnen silbergrau auf seiner hohen Stirn, das Gesicht war mit Dackelfalten überzogen, der Rücken gekrümmt. »Ich sehe Sie klar und deutlich vor mir sitzen, Herr Brehmke«, sagte sie, »und ich bin glücklich, mich mit einem der erfolgreichsten Kriminalbeamten aller Zeiten unterhalten zu dürfen.«

Brehmke griff ihr Lächeln auf. »Danke, aber meine Verdienste sind längst verblasst. Das war eine ganz andere Zeit damals, ein anderes Handwerk. Was hätte ich drum gegeben, wenn wir in meiner Ära schon so fortschrittliche Fahndungshilfen wie den DNA-Vergleich gehabt hätten. Nun ja, wir haben ja auch ohne moderne Methoden eine gute Quote erreicht.«

»Das kann man wohl sagen. Vor Ihrer Spürnase konnte kein Ganove sicher sein«, schmeichelte Jasmin Stahl dem Senior. »Ihr Ruf ist bis heute legendär.« Sie blickte sich in der mit dunklem Holz verkleideten Bibliothek des *Heilig-Geist-Spitals* um. Neben ihnen hielten sich einige andere Heimbewohner in dem überheizten Raum auf, stöberten in antiquarisch anmutenden Romanen und Bildbänden, beschäftigten sich mit Brettspielen oder starrten regungslos vor sich hin. Niemand schien ihnen Beachtung zu schenken. Dennoch senkte die junge Kommissarin die Stimme, als sie fragte: »Ich möchte nicht lange drum herum reden, Herr Brehmke: Sie haben mich mit Ihren Andeutungen am Telefon neugierig gemacht. Was genau ist vorgefallen? Sie sprachen von ominösen Todesfällen.«

Auch Brehmke redete leiser, als er antwortete: »Es ehrt Sie, dass Sie die wirren Worte eines Tattergreises ernst nehmen und mich nicht schon am Telefon abgewürgt haben. Ich an Ihrer Stelle hätte es nämlich wahrscheinlich getan. Schließlich ist es nichts Ungewöhnliches, wenn in einem Seniorenheim der ein oder andere das Zeitliche segnet. In diesem Fall eine immerhin schon einundneunzigjährige Frau.«

Jasmin Stahl schürzte die Lippen. Zugegeben: Hätte es sich bei dem Anrufer, der sich vor zwei Tagen bei ihr gemeldet hatte, nicht um den in ihren Kreisen hoch geachteten Altkommissar gehandelt, hätte sie dem Hinweis auf angebliche Unregelmäßigkeiten in dem altehrwürdigen Seniorenstift keine Bedeutung zugemessen. Noch dazu, wenn ein amtsärztlich ausgestellter Totenschein besagte, dass es sich um das natürliche Ableben einer Herzkranken handelte.

»Worin genau begründet sich Ihr Verdacht, dass es sich bei dem Tod der alten Dame ...«

»Elfriede«, unterbrach Brehmke sie. »Sie hieß Elfriede Rumreich.«

»Gut, danke. Also, Herr Kollege, weshalb sollte Elfriede ermordet worden sein? Haben Sie konkrete Anhaltspunkte oder gar Beweise?«

Der alte Kommissar schüttelte behäbig den Kopf. »Nein, mit Beweisen kann ich nicht dienen. Auch nicht mit Anhaltspunkten im ermittlungstechnischen Sinn. Es ist bisher lediglich eine Vermutung.«

Jasmin Stahl war etwas enttäuscht, dass ihr Vorbild offensichtlich nichts in der Hand hatte, um seine Andeutungen mit Fakten belegen zu können. Das passte so gar nicht zu dem, was sie sich von dem versierten Fahnder erwartet hatte. Dennoch zeigte sie weiterhin Interesse: »Vermutungen sind schon mal ein Anfang. Schießen Sie los, Herr Brehmke: Was haben Sie entdeckt?«

Brehmke hob seinen Blick und ließ ihn langsam und beobachtend wie ein Adler auf Beutesuche über die Köpfe seiner Mitbewohner gleiten. Erst nachdem er sich davon überzeugt hatte, dass sie noch immer nicht die Aufmerksamkeit der anderen erregt hatten, begann er mit seiner Erklärung: »Vor ungefähr einem Vierteljahr haben wir einen Neuzugang bekommen. Das ist an sich nichts Besonderes, denn die Abgänge – meist durch Tod oder Verlegungen ins Krankenhaus oder auf eine Palliativstation – werden in etwa durch das nachfolgende ›junge Blut‹, wie wir es nennen, aufgewogen. Alles Weitere folgt meistens einer Standardprozedur: Die Neuankömmlinge stellen zunächst klar, dass sie aus freien Stücken ins *HeiGei* eingezogen und selbstverständlich im Vollbesitz ihrer geistigen wie körperlichen Kräfte sind. Viele geben an, dass es sich um einen vorübergehenden Aufenthalt im Heim handele, etwa, weil ihre Angehörigen eine Auslandsreise unternähmen und sie in sicheren Händen wissen wollten. Die Neuen sondern sich anfangs ab und versuchen alles, um nicht in die Rituale und immer gleichen Abläufe des Heimlebens zu verfallen. Das hält zwei oder drei Wochen an, bei manchen auch etwas länger. Spätestens nach einem halben Jahr aber fügen sie sich in ihr Schicksal und akzeptieren, dass sie den letzten Lebensabschnitt erreicht haben und es kein Zurück gibt. Sie versuchen dann, dieses abschließende Kapitel mit Würde zu bestehen.« Brehmke sah seine junge Besucherin aus melancholisch verklärten Augen an. »Das mit der Würde ist der schwierigste Teil. Sie aufrechtzuerhalten, kostet unglaublich viel Energie. Doch sie zu verlieren, bedeutet das baldige Ende.«

»Wenn ich Sie ansehe, bin ich guten Mutes, dass Ihnen die Energie nicht so schnell ausgehen wird«, ermunterte Jasmin Stahl den Altkommissar und versuchte zu verbergen, wie nahe ihr seine Ausführungen gegangen waren.

»Das mag sein«, bestätigte Brehmke. »Denn ich habe einen starken inneren Antrieb, der meinen Lebenswillen über den achtzigsten Geburtstag hinaus beflügelt hat: Ich werde in Kürze zum zweiten Mal Uropa. Ich kann Ihnen gar nicht sagen, wie glücklich es mich macht, dass ich die Generationen nach mir noch kennenlernen darf.« Das Lächeln, das sich bei der Erwähnung seiner Kinder, Enkel und des Urenkels in seinem Gesicht gebildet hatte, verschwand, als er anknüpfte: »Ein gewisser Herr, der vor etwa drei Monaten ins *HeiGei* eingezogen ist, verfügt über einen mindestens ebenso starken Lebenswillen. Doch ich kann es mit jeder Pore meines Körpers spüren, dass er seine Energie aus keiner guten Quelle schöpft.«

»Könnten Sie etwas konkreter werden?«, hakte Jasmin Stahl ein.

»Entschuldigen Sie meine Abschweifungen und die blumige Sprache. Ich fürchte, das gewöhnt man sich im Heim an. Es gibt hier ja keinen Grund zur Eile, der Hang zur Gemächlichkeit spiegelt sich in der Redeweise wider.« Er räusperte sich. »Wie schon gesagt: Ich habe keinerlei Beweise, aber seit dieser Mann im Haus ist, liegt eine unheimliche Bedrohung in der Luft. Nichts Greifbares, aber man kann es fühlen. Ich bin sicher, dass seine Anwesenheit mit Elfriedes Tod in Zusammenhang steht.«

»Mit Gefühlen allein überzeugen wir keinen Staatsanwalt – und schon gar keinen Richter«, redete Jasmin Stahl nun Klartext.

Brehmke zuckte zusammen. »Ja, selbstverständlich, Sie haben recht. Schreiben Sie meine unpräzisen Angaben meiner einsetzenden Senilität zu und haben Sie bitte ein Nachsehen mit mir. Ich will versuchen, Ihnen etwas Überprüfbares an die Hand zu geben: Bei besagtem Neuzugang handelt es sich um Günther Barschel, Jahrgang 1929, pensionierter Verwaltungsbeamter, verwitwet, keine Kinder. Barschel übersprang die Eingewöhnungsphase, suchte und fand vom ersten Tag an zahlreiche Kontakte. Er verpasst keine gemeinsame Mahlzeit, keinen Kirchgang und kein Freizeitangebot oder sonstigen Anlass zum geselligen Zusammensein.«

»Klingt nach einem aufgeschlossenen, unternehmungslustigen Mann.«

»Ohne Frage, ja. Auf der anderen Seite gibt es eine Reihe von Heimbewohnern, die ihn meiden. Das meine ich wörtlich: Sie gehen ihm aus dem Weg, haben sogar ihre angestammten Plätze im Speisesaal aufgegeben, um eine größere Distanz zu Barschel zu schaffen.«

»Gibt es dafür irgendwelche triftigen Gründe?«, wollte Jasmin Stahl wissen.

»Mit Sicherheit ja. Aber ich kenne diese Gründe nicht – noch nicht.« Brehmke hob seine buschigen Brauen. »Elfriede zählte zu dem Kreis derjenigen, die Barschel auswichen.«

Jasmin Stahl sah ihren alten Kollegen eine Weile nachdenklich an. Dann sagte sie: »Ihre Beobachtungen in Ehren, Herr Brehmke. Aber in der Tatsache, dass Elfriede Herrn Barschel eventuell nicht leiden konnte und daher ihren Tisch nicht mit ihm teilte, erkenne ich kein Mordmotiv. Nicht mal einen Anfangsverdacht, der offizielle Ermittlungen legitimieren würde.«

In Brehmkes fahle Wangen kam Farbe: »Vollkommen verständlich, junge Dame. Ich erwarte nicht von Ihnen, dass Sie morgen eine Soko bilden und mit Ihren Kollegen das *HeiGei* auf den Kopf stellen. Aber wäre es möglich, dass Sie den Namen Günther Barschel durch den Polizeicomputer schicken und überprüfen, ob etwas gegen diesen Herrn vorliegt? Vielleicht geben Sie auch Elfriedes Namen ein, um nach Übereinstimmungen zu suchen.«

Jasmin Stahl wusste sehr wohl, dass sie selbst diesen kleinen Gefallen ablehnen müsste, doch sie meinte, es dem verdienstvollen Vorgänger schuldig zu sein, und sagte zu. »Versprechen Sie sich aber nicht zu viel davon«, sagte sie und erhob sich.

Auch Brehmke stand langsam auf, musste sich aber sogleich an der Stuhllehne abstützen. »Wenn sich mein Verdacht nicht erhärtet, ist das auch in Ordnung. Doch ich würde mich freuen, wenn Sie mir die Ergebnisse persönlich übermitteln – in meinem Alter bekommt man nicht mehr oft Besuch von einer so reizenden und gescheiten jungen Frau.«

***

»Hallo, Jasmin«, wurde die Kommissarin von Carola Frommhold im K11 begrüßt. Die Assistentin stellte ihr einen Milchkaffee auf den Schreibtisch, legte den morgendlichen Pressespiegel dazu und trug die wichtigsten Neuigkeiten vor, einige dienstliche, die meisten jedoch privater Natur. Denn ihrem biederen Aussehen zum Trotz genoss Carola Frommhold ein recht turbulentes Liebesleben, an dem sie Jasmin Stahl durch ihre detaillierten und blumigen Berichte bereitwillig teilhaben ließ – ob diese sie nun hören wollte oder nicht.

Zur Fußnote degradiert wurde von Carola Frommhold eine Nachricht, die, obwohl nur beiläufig erwähnt, Jasmin Stahl elektrisierte wie ein Stromschlag:

»Ach ja, und dann meinen die Kollegen, dass jeder einen Obolus leisten sollte, vielleicht fünf Euro oder so, für den Kranz zur Beerdigung. Immerhin war er ja etliche Jahre hier angestellt, der alte Kollege. Obwohl ich persönlich ihn ja gar nicht mehr kennengelernt habe, den Herrn Brehmke.«

»Was?« Jasmin Stahl sprang von ihrem Bürostuhl auf. »Brehmke ist gestorben? Warum weiß ich davon nichts?«

Die blasse Assistentin mit dem braven Pagenschnitt zuckte mit den Schultern. »Ja, am Freitag, aber dann kam ja das Wochenende dazwischen, sodass es sich erst jetzt bis ins Präsidium herumgesprochen hat. Der alte Herr ist im Seniorenheim friedlich eingeschlafen. Soll schon längere Zeit krank gewesen sein.«

»Krank? Das ist mir neu!« Jasmin schob die Kaffeetasse beiseite und zog sich das Telefon heran.

»Geben Sie fünf Euro dazu oder nicht?«, wollte Carola Frommhold wissen.

»Ja, selbstverständlich. Später. Jetzt habe ich Wichtigeres zu tun!« Jasmin gab der Assistentin mit einem energischen Wink zu verstehen, dass sie sich trollen sollte. Kurz darauf hatte sie Fritz Wanka am Apparat, zuständig für die Einsatzplanung des Kriminaldauerdienstes. Sie erkundigte sich nach dem Fall Brehmke, wurde aber abgespeist:

»Kindchen, das ist kein Fall«, belehrte Wanka sie. Der Endfünfziger mit der pragmatischen Grundhaltung eines Polizisten, den nichts mehr umhauen konnte, machte ihr klar, »dass Kollege Brehmke Diabetiker war und sich glücklich schätzen konnte, überhaupt so ein langes und ausgefülltes Leben genießen zu können.« Der Arzt, der den Tod festgestellt hatte, habe jedenfalls keine Veranlassung gesehen, die Polizei hinzuzuziehen. Und er, Wanka, sehe sie auch nicht.

Jasmin Stahl konnte dieser klaren Ansage auf Anhieb nichts entgegensetzen. Dennoch war sie höchst alarmiert, ließ alles stehen und liegen und machte sich auf den Weg ins *HeiGei*.

Als sie eintraf, parkten zwei Fahrzeuge im Innenhof des historischen Gemäuers: ein Ambulanzauto und ein

Leichenwagen. Jasmin schwante Böses, und tatsächlich bestätigte ihr eine unverbindlich freundliche Dame am Empfang, dass in der Nacht eine Heimbewohnerin verstorben sei. Jasmin Stahl zeigte ihren Dienstausweis und erfuhr den Namen der Toten: Gertrud Ebermann, siebenundachtzig Jahre. Todesursache: Herzversagen.

»Verdammt, noch ein Opfer!«, entfuhr es der Kommissarin, woraufhin sie einen verwunderten Blick der Empfangsdame erntete.

»Entschuldigen Sie, aber von Opfer kann wohl kaum die Rede sein. Todesfälle gehören bei uns zur Tagesordnung, das liegt in der Natur der Dinge«, klärte sie Jasmin Stahl auf.

Diese wischte den Einwand beiseite und erkundigte sich, ob der Arzt, der den Totenschein ausgestellt hatte, noch im Haus sei. »Ja«, sagte die Empfangsfrau und beschrieb den Weg zum Ambulanzraum, wo der Doktor wahrscheinlich noch sitze und frühstücke.

»Stahl«, stellte sie sich dem Arzt vor, einem gutaussehenden Mann mit braunem Teint und grauen Schläfen. Sie hielt ihm ihren Ausweis entgegen. »Ich muss etwas über die jüngsten Todesfälle erfahren. Wir suchen nach Unstimmigkeiten, womöglich wurde von jemandem nachgeholfen.«

Der Arzt sah sie bass erstaunt an. Dann musterte er die Kommissarin von oben bis unten, als wollte er ihren eigenen Gesundheitszustand abschätzen, und sagte: »Wenn Sie annehmen, dass bei einem der alten Herrschaften ein Messer im Rücken steckte, muss ich Sie enttäuschen. Das wäre mir sicher aufgefallen.« Da Jasmin Stahl ihn bitterböse ansah, fügte er eilig hinzu: »Nichts für ungut. Aber ich erledige meine Arbeit hier im Heim ebenso gewissenhaft wie überall anders auch. Es handelte sich durchweg um medizinisch zweifelsfrei erklärbare und nachvollziehbare Todesursachen, samt und sonders natürlich.«

»Ich habe triftige Gründe zu der Annahme, dass dem nicht so ist«, blieb Jasmin Stahl beharrlich.

Der Arzt lächelte herablassend. »Dann möchte ich Sie in Ihrem Eifer nicht bremsen. Es steht Ihnen frei, eine weitere fachliche Meinung einzuholen. Aber ich glaube, Sie benötigen dafür eine richterliche Verfügung.«

»Die bekomme ich!«, gab sich die temperamentvolle Kommissarin selbstbewusst. Sie verkniff es sich hinzuzufügen: Darauf können Sie Gift nehmen.

Oberstaatsanwältin Katinka Blohm, bei der Jasmin Stahl noch am selben Vormittag vorsprach, ließ sie eiskalt abblitzen. Damit hätte sie zwar rechnen müssen, da sich beide aufgrund der gemeinsamen Zuneigung zu ein und demselben Mann nicht ausstehen konnten, doch diesmal standen ausschließlich sachliche Argumente im Raum:

»Was haben wir?«, fragte Katinka Blohm und strich ihr langes blondes Haar von der Schulter, um das sie Jasmin Stahl mit ihrem rotbraunen Kurzhaarschnitt insgeheim beneidete. »Drei Tote, alle drei Bewohner eines Altenheims, alle drei hatten die achtzig deutlich überschritten – und damit die durchschnittliche Lebenserwartung eines Menschen.« Sie räusperte sich. »Was haben wir noch? Drei Totenscheine, die keinen Zweifel an natürlichen Todesursachen aufkommen lassen, sowie die Aussage des Arztes, dass er – was selbstverständlich ist – äußerste Sorgfalt hat walten lassen.« Abermals hustete sie in ihre Faust. »Was haben wir außerdem? Die vagen

Spekulationen eines früheren Polizeibeamten, die jedoch völlig ohne Beweise daherkommen, gepaart mit dem blinden Ehrgeiz einer aufstrebenden Kommissarin.«

»Das ist nicht fair«, beschwerte sich Jasmin Stahl und biss sich auf die Zunge, da ihr im selben Moment klar wurde, wie unprofessionell dieser Einwurf in den Ohren der Oberstaatsanwältin klingen musste.

»Um das Gespräch abzukürzen«, sagte Katinka Blohm mit strenger Miene, »ich habe mich mit Ihrem Vorgesetzten, Herrn Schnelleisen, in Verbindung gesetzt. Wir sind beide ganz einer Meinung: Ihr Engagement in dieser Angelegenheit ist – wenn auch Ihre Beweggründe ehrenvoll sein mögen – ab sofort beendet.«

Niedergeschlagen schlich Jasmin Stahl zurück in ihr Arbeitszimmer und verrichtete ihren Tagesdienst. Als sie nach siebzehn Uhr allein im Büro war, gab sie den Anordnungen ihres Chefs zum Trotz die beiden Namen in die Datenbank ein, die Brehmke ihr genannt hatte. Ohne Resultat.

Als sie drei Tage später vom Tod eines weiteren Heimbewohners erfuhr, neigte sie dazu, sich der allgemeinen Meinung anzuschließen. Das Kommen und Gehen gehörte zum Leben, insbesondere zu dem in einem Seniorenstift.

***

»Ach, herrje!« Als Svenja Beyer in die Tasche ihres Kittels fasste, um nach einem Feuerzeug zu suchen, beförderte sie einen zerknitterten Briefumschlag zutage.

»Was ist denn das für ein Wisch?«, erkundigte sich Birgit Jankowsky, ebenso wie Svenja Altenpflegerin im

Heilig-Geist-Spital. Beide standen auf der kleinen, von der Pegnitz umspülten Wiese am Fuße des Gebäudes, um gemeinsam ihre Zigarettenpause zu verbringen.

»Ein Brief von einem meiner Opis. Den sollte ich für ihn aufgeben. Hatte ich völlig vergessen. So'n Mist.«

»Halb so schlimm. Schmeiß ihn halt nachher in den Briefkasten. Wird ja nicht so eilig sein.«

Die zierliche Svenja verzog gequält das Gesicht. »Der Brief kommt vom alten Brehmke und ist ans Polizeipräsidium adressiert. Brehmke ist ja inzwischen ...«

»Tot, ja«, vollendete Birgit den Satz. »Okay, dann sieht die Sache anders aus. Mmm, das gibt Ärger, wenn es rauskommt, dass du den Brief unterschlagen hast.«

Svenja lief feuerrot an. »Was heißt denn unterschlagen? Ich habe es ja nicht absichtlich getan!«

Birgit, deutlich stämmiger und resoluter als die jüngere Svenja, griff nach dem Brief und riss das Kuvert kurzerhand auf. »Werfen wir mal einen Blick auf das Geschreibsel, dann wissen wir, ob es was Wichtiges ist.«

»Aber du kannst doch nicht einfach ...«, protestierte Svenja halbherzig.

Die andere faltete ein DIN-A4-Blatt auseinander und begann vorzulesen: »Liebe Frau Stahl, nach Ihrem freundlichen Besuch bei mir ... blablabla ... habe ich noch immer keine Beweise für meine Vermutung ... blablabla ... aber ich habe den Personenkreis der gefährdeten Kandidaten eingekreist ... blablabla ... dazu gehören nach meinem bisherigen Erkenntnisstand Frau Gertrud Ebermann sowie Herr ... blalabla ...« Birgit blickte auf. »Der Alte hat wohl bis zum Schluss nicht verstanden, dass er kein Polizist mehr ist, was? Traurig, das geht ja leider vielen so, dass sie es nicht wahrhaben wollen, wenn sie nicht mehr gebraucht werden.« Sie zerknüllte den Brief. »Ich denke, diesen Unsinn können wir der Kripo ersparen. Die haben bestimmt Wichtigeres zu tun, als den Hirngespinsten eines Senilen nachzugehen.«

Mit diesen Worten warf sie den Brief in die Pegnitz, deren Strömung ihn sogleich erfasste, eine Weile wie ein Papierschiffchen auf und ab spülte, um ihn dann in einem kleinen Strudel versinken zu lassen.

Der Sniper vom Karpfenteich

»Au, verflixt, was war das?«

»Sie bluten, Chef! Da, an Ihrem Bein, alles voller Blut!«

»Gibt es denn so was? Das muss eine Kugel gewesen sein!«

»Eine Kugel?«

»Ja! Haben Sie den Knall denn nicht gehört?«

»Lassen Sie mal sehen, Chef. Darf ich das Hosenbein etwas hochziehen ...«

»Aaaah! Passen Sie doch auf!«

»Tut mir leid, Chef.«

»Können Sie was erkennen? Ist es sehr schlimm?«

»Sie haben Glück, Chef. Scheint nur ein Streifschuss zu sein.«

»Nur ein Streifschuss? Der tut aber höllisch weh! Warum haben Sie sich denn nicht schützend vor mich geworfen, um den Schuss abzufangen?«

»Aber ich bin doch nur Ihr Fahrer, Chef. Kein Bodyguard.«

Karpfen waren ihm alles andere als gleichgültig. Schon als Bub hatten sie ihn interessiert. Nicht gerade als Anschauungsobjekte im Biologieunterricht, sondern vielmehr als reine Gaumenfreude. Es war nämlich so, dass seine Mutter Hertha – obwohl waschechte Fränkin – den Karpfen blau bevorzugte. Den Fisch im heißen Fett auszubacken, das kam für sie nicht infrage, weil zu kalorienhaltig. Und daher musste der kleine Paul lange Zeit auf die knusprigen Flossen und das leckere Ingreisch verzichten, von dem ihm seine Klassenkameraden regelmäßig vorschwärmten.

Als er dann älter wurde, konnte er sich von der elterlichen Bürde lossagen und seinen Karpfen fortan so genießen, wie es sich in Franken gehörte. Das tat er in den »r«-Monaten so oft wie möglich, am liebsten in einer der vielen guten Karpfenwirtschaften im Umland, hin und wieder auch in seiner Nürnberger Lieblingsgaststätte *Goldener Ritter*. In letzter Zeit hatte er sein kulinarisches Spektrum in dieser Hinsicht sogar erweitern können. Als er nämlich neulich gemeinsam mit seiner Frau Katinka in Neustadt an der Aisch, dem Mekka aller Karpfenfreunde, nach einem Besuch des dortigen Karpfenmuseums einkehrte, entdeckte er auf der Karte eines Seitenstraßenlokals »Steinofenbrot mit Karpfencreme« sowie »Geräuchertes Karpfenfilet«. Beides wurde geordert und umgehend probiert – mit dem Ergebnis: a Draum!

Ja, Paul Flemming liebte den Leibspeisenfisch der Franken innig, und es gab wohl wenige Menschen, die ihn häufiger genossen als er. Zu diesen zählte Klaus Dillinger, Landrat im Karpfen-Landkreis, der dafür bekannt war, mindestens hundert halbe Karpfen pro Jahr zu vertilgen. Dillinger war auch sein derzeitiger Auftraggeber, denn Paul sollte die Fotos für einen Bildband liefern, der passenderweise das Thema *Karpfen – Teichwirtschaft zwischen Tradition und Moderne* behandelte.

Während der Vorbereitungszeit hatte sich Paul ernsthaft mit dem Gedanken getragen, einen Tauchkurs zu belegen und ein Unterwasser-Chassis für seine Nikon anzuschaffen. Doch das konnte er sich vorerst sparen, denn der Landrat musste momentan ganz andere Prioritäten setzen als das Fischbuch.

»Haben Sie etwa noch nichts davon gehört?«, fragte Victor Blohfeld. Der dürre Sensationsreporter mit dem strähnigen Haar und dem speckigen Trenchcoat lief in Pauls Atelier auf und ab wie ein Tiger im Käfig. »Geschossen hat man auf ihn. Geschossen!«

Paul konnte die Aufregung nicht ganz nachvollziehen: »Soviel ich weiß, handelt es sich bloß um eine oberflächliche Verletzung. Wahrscheinlich ein Jagdunfall.«

»Von wegen! Das war ein Attentatsversuch!«, ereiferte sich Blohfeld.

Paul verzog das Gesicht. Der Reporter nahm den Mund wieder einmal zu voll und verkaufte seine halbgaren Vermutungen als Tatsachen. Denn das, was bislang bekannt war, besagte lediglich, dass Dillinger von einem Streifschuss an der rechten Wade getroffen worden war. Wie Paul von Jasmin Stahl, seiner Bekannten bei der Nürnberger Kripo, wusste, hatte der unbekannte Schütze ein kleinkalibriges Gewehr benutzt. Nach ihm wurde seit dem Vorfall vor zwei Tagen gefahndet.

»Der Schuss ist gezielt abgefeuert worden und galt dem Landrat!«, beharrte Blohfeld.

»Was macht Sie so sicher?«

»Ich hege einen konkreten Verdacht: Seine Gegner wollten Fakten schaffen.«

»Welche Gegner?«, zweifelte Paul, denn er konnte sich beim besten Willen nicht vorstellen, dass der bodenständige, durch und durch solide Landrat Dillinger irgendwelche persönlichen Widersacher haben könnte, von den politischen Kontrahenten einmal abgesehen.

Blohfeld sah ihn an wie einen schlechten Schüler, dem der Lehrer alles dreimal erklären musste. »Die *Vogelschützer* natürlich!«

»Vogelschützer? Warum – in drei Teufels Namen – sollten ausgerechnet friedliebende Tierfreunde in der Gegend rumballern?«

»Weil radikale Tierschützer oft alles andere als friedfertig sind und«, lächelte er wissend, »und weil sie in diesem Fall einen stichhaltigen Grund haben: den Kormoran.«

Paul gab auf. Er wusste überhaupt nicht, worauf der Reporter hinauswollte. »Können Sie bitte mal Klartext reden?«

»Tu ich doch die ganze Zeit«, patzte ihn Blohfeld an. »Dillinger, der selbsternannte beste Freund des Karpfens, hat zum Kampf gegen den Kormoran geblasen. Denn das Federvieh macht seit geraumer Zeit Jagd auf den Fisch, und da der Kormoran unter Artenschutz steht, vermehrt er sich wie wild. Ehe der Vogel aber auch noch den letzten Karpfen aus den Weihern zieht, will Dillinger ihn per Sondererlass vom Himmel holen lassen. Die Jägersleute stehen schon Gewehr bei Fuß.«

»Ach so«, meinte Paul, der von der geplanten Kormoranjagd schon in der Zeitung gelesen und auch die vielen bösen Leserbriefe von Naturschützern registriert hatte. »Dennoch frage ich mich: Warum kreuzen Sie hier auf und erzählen mir das alles? Mal abgesehen davon, dass der Bildband jetzt wohl auf die lange Bank geschoben wird?«

Blohfeld ging in den Flur, holte Pauls Fototasche und drückte sie ihm vor die Brust: »Sie werden sich unverzüglich auf den Weg zu den nächsten Teichen machen und mir Fotos für meinen Bericht schießen. Am liebsten einen Kormoran im Einsatz – im Sturzflug auf die Wasseroberfläche und danach noch mit zappelndem Karpfen im Schnabel!«

»Wollen Sie Ihren Verdacht mit dem Sniper vom Karpfenteich ernsthaft veröffentlichen? Sie haben doch null Beweise dafür!«

»Man wird ja noch spekulieren dürfen. Ist alles durch die Pressefreiheit abgedeckt.«

»Na, wenn Sie meinen ...«

Die Fahrt nach Herzogenaurach nutzte Paul für einen Abstecher zu seinen Eltern, wo er sich ein Stück von Herthas legendärem Apfelkuchen einverleibte und ein paar kurze Worte mit seinem Vater Hermann wechselte, bevor er sich an die Arbeit machte. Gleich vor den Toren der Stadt lagen die ersten größeren Teichanlagen. Paul legte sich an der Böschung nahe eines vom Wald umgebenen Weihers auf die Lauer und wartete.

Das Wasser lag ruhig vor ihm, nur ab und zu stiegen Luftbläschen auf, und hin und wieder spitzte das Maul eines Fisches aus dem kühlen Nass. Die friedliche Szenerie, umrahmt vom Grün der Bäume und Wiesen, dazu die milde Luft und das beruhigende Konzert der Singvögel stimmten Paul unbeschwert und entspannt. Viel zu selten war er, der Stadtmensch, in der freien Natur unterwegs, stellte er fest und nahm sich vor, dies künftig zu ändern.

Doch die Idylle währte nicht lang. Schon nach wenigen Minuten erschien der Störenfried. Mit weit ausgebreiteten Flügeln, einem Adler gleich, kreiste der Fischräuber über dem Teich. Der Kormoran mit seiner ihn kennzeichnenden schwarzgrauen Färbung zog immer engere Kreise, bevor er unvermittelt in den Sturzflug überging. Keine drei Meter von Paul entfernt durchstieß der große Vogel mit dem Schnabel voran die Wasseroberfläche. Gischt stob auf, das Wasser spritzte bis ans Ufer. Der Kormoran tauchte komplett ab, nur um Sekunden später wieder emporzustoßen. Mit großem Energieaufwand schlug er die Flügel auf und nieder, ließ die Wasserlast abperlen und sorgte für Auftrieb. Das Startmanöver geriet zum Kraftakt, denn der Vogel hatte nicht nur das eigene Körpergewicht aus dem Teich zu hieven, sondern auch einen Jungkarpfen, den Paul auf ein knappes Pfund schätzte.

Paul, der seine Nikon in den Sportmodus gestellt hatte und Fotos wie im Dauerfeuer schoss, war fasziniert von Geschick und Beharrlichkeit des Jägers, der mit seiner sich wehrenden Beute dicht über den See schwebte, bevor er ausreichend Luft unter seine Tragflächen bekam, um Höhe gewinnen und davonfliegen zu können. Ehrfürchtig blickte Paul dem Vogel nach – als er plötzlich eine Hand auf seiner Schulter spürte.

Blitzschnell fuhr er herum. »Meine Güte, haben Sie mich erschreckt!«

Ein Mann stand ihm gegenüber. Wettergegerbtes Gesicht, kurzes graues Haar, gedrungene Statur. Er trug ein rot-weiß kariertes Holzfällerhemd, das von den Trägern einer krötengrünen Anglerhose überspannt wurde. Seine Füße steckten in kniehohen Gummistiefeln. »Was haben Sie hier zu suchen?«, raunzte er. »Das ist Privatgrund.«

»Ich bin Fotograf«, erklärte Paul und richtete sich auf. »Und wer sind Sie?«

»Hans Neudecker, Teichwirt«, antwortete der Mann kurz angebunden. »Für wen fotografieren Sie? Etwa für die Vogelschützer?« Er stierte ihn hasserfüllt an.

Paul verstaute die Kamera in seiner Umhängetasche. »Nein. Ich komme von der Zeitung. Aber mit dem Stichwort ›Vogel‹ haben Sie nicht ganz unrecht. Wir bereiten einen Bericht über den Kormoran vor«, sagte er so sachlich wie möglich, denn er wollte keinen Ärger.

Der Mann kniff die Augen zusammen. »Hoffentlich einen, in dem die Wahrheit über diesen Räuber zu lesen ist.«

»Wie sieht die Wahrheit denn aus?«

Kaum hatte Paul die Frage ausgesprochen, sprudelten die Worte aus dem Mann hervor: »Sie wollen die Wahrheit hören? Dann versetzen Sie sich mal in unsere Lage: Wenn wir in diesen Tagen die Karpfen ernten, hat einer seine Schäflein schon im Trockenen. Nein, nicht der Fiskus. Der kassiert zwar auch kräftig mit, doch noch größer ist der Anteil, den sich der Kormoran sichert. Dieser Räuber kostet uns bis zu fünfzig Prozent der Speisekarpfen. Wie mir geht es den meisten meiner Berufskollegen. Bei den Jungfischen reichen die Ausfälle sogar bis zu siebzig Prozent. Kein Wunder, dass Satzfische kaum noch verkauft werden. Wir Fischbauern füttern doch nicht den Kormoran! Viele lassen ihre Teiche mittlerweile leer und züchten nur noch für den Eigenbedarf.«

»Aber Sie bekommen doch jetzt Hilfe vom Landrat«, wandte Paul ein. »Dillinger hat den Vogel zum Abschuss freigegeben.«

Neudecker winkte ab. »Der spuckt doch auch bloß große Töne.« Von den Politikern fühlte er sich im Stich gelassen. Die Abschusserleichterung würde kaum etwas bringen. »Ich dürfte mit Sondergenehmigung nur höchstens fünfzehn Kormorane im Jahr abschießen. Im Durchschnitt sind aber zweihundertfünfzig gefräßige Vögel hier.«

»Für Vogelschützer wäre ein Schuss aber schon zu viel«, merkte Paul an. »Man munkelt, dass die Kugel, die den Landrat ins Bein getroffen hat, aus dem Lauf eines radikalen Kormoranschützers stammte.«

Der Teichwirt zog die Stirn in Falten. »So ein Unsinn«, grummelte er. »Kann mir nicht vorstellen, dass diese Spinner so weit gehen würden.«

»Sicher?«

Er zuckte die Schultern. »Sicher sein kann man bei diesen grünen Hitzköpfen freilich nie.«

»Was gibt's?« Paul war kurz angebunden, als er den Anruf auf seinem Handy annahm, denn er saß im Auto, auf dem Weg zurück nach Nürnberg.

»Wollte nur mal hören, ob Sie mit Ihren Fotos vorankommen.«

»Drängeln Sie mich nicht, Blohfeld. Zu großer Druck mindert die Qualität meiner Arbeit.«

»Aber ganz ohne Druck würden Sie überhaupt nicht arbeiten.« Blohfeld hustete in den Hörer, Folge seines exzessiven Zigarrenkonsums. »Hören Sie, Flemming, ich habe bereits den nächsten Auftrag für Sie: In einer Stunde finden Sie sich im Landgasthof *Zum Stern* in Markt Erlbach ein.«

»Und weshalb tue ich das?«

»Weil Sie dort auf den Landrat treffen werden. Dillinger kehrt im *Stern* ein und hat sich bereit erklärt, bei dieser Gelegenheit für die Presse sein verwundetes Bein in die Kamera zu halten.«

»Na toll.«

»Genau! Also machen Sie was draus!«

Vor dem rustikalen Gasthof lockte eine Tafel mit den »Aischgründer Karpfenschmeckerwochen«. Wie passend, dachte sich Paul und trat ein. Dillinger, ein stattlicher Herr von zweiundsechzig Lenzen, dessen Anzug über dem nicht minder stattlichen Bauch spannte, saß an einem runden Tisch der Marke Eiche rustikal und winkte ihn mit herrschaftlicher Geste zu sich heran.

Paul kam der Aufforderung folgsam nach, schüttelte dem Amtsträger ebenso die Hand wie einem halb so alten, halb so korpulenten Mann, der seine Chauffeursmütze neben sich abgelegt hatte.

»Na, was macht mein Bildband?«, erkundigte sich der Landrat sofort.

»Wenn es Ihnen wieder besser geht, können wir uns gern treffen und die Details besprechen.«

»Fein! Ich freue mich auf dieses Projekt. Das wird ein guter Werbeträger für die Region.« Ein wonnevolles Lächeln breitete sich auf seinem Gesicht aus. »Möchten Sie auch einen?«

»Einen was?«

»Cyprinus carpio.« Der Landrat schmunzelte, als er Pauls verständnisloses Gesicht sah. »Die lateinische Bezeichnung für die Krönung der fränkischen Kochkultur.« Dillinger geriet ins Schwärmen, als er Paul von den Besonderheiten der mehr als zweihundert Fischküchen im Aischgrund erzählte. »Eine jede ist anders, und die meisten Wirte können viel mehr, als die Fische einfach nur in siedendem Fett verschmurgeln zu lassen und sie mit einem pampigen Kartoffelsalat zu kredenzen. Die Küchenchefs haben jede Menge fantasievolle Rezepte kreiert.« Mit gedämpftem Ton fügte er hinzu: »Auch wenn sie dafür bei manch einem heimischen Gast die bäuerlichen Bedenken zerstreuen müssen.«

»Ich bin neugierig«, meinte Paul. »Was kann man aus dem Karpfen denn alles machen?«

Dillinger stieß ein polterndes Lachen aus. »Viel!«, dröhnte er. »Sehr viel sogar. Kennen Sie zum Beispiel Karpfen-Sushi? Im *Schwarzen Adler* in Ulsenheim habe ich es auf der Speisekarte entdeckt – inklusive Wasabi-Meerrettich vom Schamel aus Forchheim. Ziemlich international klingt auch Karpfenfilet mit Kokossoße, das mein Chauffeur unlängst in Höchstadt verkostet hat. Sie merken schon: Ich bin zwar von Haus aus Traditionalist, aber was den Karpfen angeht, auch immer offen für Neues.«

So viel Innnovationsmut hätte Paul dem Landrat gar nicht zugetraut. Und der hatte noch mehr zu bieten: »Wenn der *Fisch Jakob* in Mühlhausen zu seinem Hoffest einlädt, gehöre ich zu den Stammgästen: Da gibt's frittiertes Karpfenschnetzel. Besser noch die Karpfenchips: Filet-Lamellen, die nur für Augenblicke im heißen Fett baden. Und sogar eine Karpfenbratwurst soll demnächst auf den Markt kommen.«

Karpfenbratwurst? Das ging nun doch zu weit, fand Paul. »Um mal kurz aufs Geschäftliche zu kommen«, unterbrach er die genüssliche Aufzählung der besten Karpfenlokale. »Wie Sie ja wissen, würde die Redaktion gern ein Bild von Ihrer Verletzung bringen.«

»Ja, selbstverständlich«, sagte Dillinger nun sehr

geschäftsmäßig. »Für die Wünsche der Presse bin ich immer offen. Wie wollen Sie es haben?« Er machte sich daran, sein Hosenbein hochzukrempeln. »Soll der Verband dranbleiben oder möchten Sie, dass ich ...«

»Nein, nein, schon gut!«, bremste Paul den Elan des Landrats. »Mir reicht ein Bild, auf dem Sie Ihr bandagiertes Bein anwinkeln und mit der freien Hand auf die Bandage zeigen. – Ja, so ist es gut. – Aber bitte nicht lächeln. Können Sie ein bisschen leidender gucken, etwas gequälter? Das wird ja kein Foto fürs Wahlplakat.«

Mitten ins Shooting hinein schrillte ein Handy. Der Fahrer griff peinlich berührt in sein Jackett und nahm ein Smartphone heraus. Obwohl er sich abwandte und leise sprach, verstand Paul jedes Wort des Telefonats.

»Nein, ich bin im Dienst. Du weißt doch, dass du mich nicht bei der Arbeit anrufen sollst. Was sagst du? Schon wieder? Verdammt, gibt dein Ex denn nie auf? Wann findet er sich endlich damit ab ...«

Dillinger räusperte sich. »Wollen wir weitermachen?«, fragte er Paul, der sich von dem Telefongespräch hatte ablenken lassen.

»Ja, klar. Ich mache noch ein Bild schräg von der Seite ... und jetzt eine Nahaufnahme des Beins.«

»Sind Sie zufrieden?«, fragte der Landrat und schob das Hosenbein wieder nach unten.

»Sehr sogar«, antwortete Paul und meinte damit nicht nur die Fotoausbeute. Bevor er sich verabschiedete, erkundigte er sich: »Sagen Sie, Herr Dillinger. Haben Sie eine Ahnung, wer das gewesen sein könnte?«

»Sie meinen den Schützen? Im Zweifelsfall die Opposition«, scherzte er. »Nein, im Ernst, ich habe nicht die leiseste Ahnung. Außerdem möchte ich den polizeilichen Ermittlungen nicht vorgreifen, indem ich der Presse gegenüber Spekulationen anstelle.«

»Die Rache von Vogelschützern – als Revanche für die Abschusslizenz?«, fragte Paul nun frei heraus.

Dillinger schüttelte entschieden den Kopf. »Mein lieber Herr Flemming, ich bin selbst Mitglied beim Bund für Vogelschutz, beim Bund für Umwelt und Naturschutz sowie in etlichen weiteren örtlichen Verbänden. Sie können mir glauben: Die Abschussquote zählte zu den schwierigsten politischen Entscheidungen meiner Karriere.«

Doch, das glaubte Paul ihm. – Und er glaubte noch etwas anderes: nämlich, dass das Attentat mitnichten dem Landrat gegolten hatte. Blohfeld lag falsch.

Einer vagen Ahnung folgend lehnte sich Paul abwartend an eine Linde auf dem geschotterten Parkplatz des Gasthauses. Wie erhofft verließ nach einiger Zeit der Chauffeur das Lokal, während sein Chef wahrscheinlich noch das Bäckchen aus dem Karpfenkopf stocherte. Schlendernd und unbekümmert pfeifend kam der Fahrer auf Paul zu. Er wollte den Mann gerade ansprechen, als ein scharfer Knall die ländliche Idylle zerstörte. Dicht neben dem Bein des Chauffeurs stoben Kieselsteine auf, als hätte jemand eine Peitsche darauf sausen lassen. Der Fahrer machte einen Satz zur Seite und zog den Kopf ein, auch Paul duckte sich instinktiv.

Dann rief er laut: »Zum Wagen! Suchen Sie Deckung hinter dem Motorraum!« Für Paul war klar, dass es sich um einen Schuss gehandelt hatte. Und es stand zu befürchten, dass weitere folgen würden. Er lief im Zickzack auf die Limousine zu und warf sich dahinter auf den Boden.

»Verdammt! Geht das schon wieder los?«, fluchte der Chauffeur, der sich bei einem Hechtsprung hinter den Wagen das Hosenbein aufgerissen hatte. »Dabei ist Dillinger noch im Restaurant.« Er machte Anstalten wieder aufzustehen. »Ich muss den Chef warnen«, meinte er.

Paul fasste ihn am Hosenbund und hielt ihn auf. »Sind Sie lebensmüde? Bleiben Sie hier, Mann!«

»Aber ich muss doch ...«

Paul schüttelte energisch den Kopf, denn für ihn hatte sich mit dem Schuss, der den Chauffeur nur knapp verfehlte, sein Verdacht bestätigt: »Es geht nicht um Ihren Chef«, zischte Paul ihm zu.

»Nicht?« Der Fahrer machte große Augen. »Sondern?«

Nun wollte es Paul genau wissen: »Wie heißt der Exmann Ihrer Freundin?«

Der Fahrer reagierte verwirrt. »Wie, was ... – er heißt Dieter. Aber warum wollen Sie das ...«, stammelte er.

»Wissen Sie zufällig, ob er Mitglied in einem Schützenverein ist?«

Der Fahrer nickte langsam und mit vor Erstaunen offen stehendem Mund.

Sehr vorsichtig wagte sich Paul aus der Deckung, hielt die Hände trichterförmig vor seinen Mund und brüllte: »Das Spiel ist aus, Dieter! Legen Sie das Gewehr beiseite und kommen Sie aus Ihrem Versteck. Wenn Sie jetzt keine Scherereien machen, kann ich ein gutes Wort für Sie bei der Staatsanwaltschaft einlegen.«

Dieter ließ nicht lange auf sich warten.

Santa-Express

»Siehst du einen freien Platz?«

»Nein, Katinka, der Speisewagen ist rappelvoll.«

»Genauso wie der ganze Zug. Hier drängen sich so viele Menschen wie sonst nur auf dem Christkindlesmarkt, und bei jedem zweiten Schritt stolpert man über Tüten und Taschen voller Geschenke.«

»Zwei Tage vor Weihnachten kannst du nichts anderes erwarten.«

»Tu ich aber. Ich fordere wenigstens ein Quäntchen Besinnlichkeit. Schau dich doch mal um: gestresste Mütter, entnervte Väter, quengelnde Kids und überforderte Großeltern. Und dazwischen das schlecht gelaunte Personal. Da vergeht einem wirklich die Weihnachtsstimmung.«

»Dann hätten wir nicht den Zug nehmen dürfen. Obwohl – auf der Autobahn wäre es mindestens genauso stressig. Ein Stau nach dem anderen. Und alle Flüge sind restlos ausgebucht. Ich würde sagen, mit dem ICE haben wir immer noch das bessere Los gezogen.«

»Trotzdem ärgerlich, Paul. Jetzt müssen wir uns den ganzen Weg bis zu unserem Waggon zurückquälen und dabei noch einmal über all die Leute steigen, die die Gänge blockieren – und das mit leerem Magen.«

»Ich verstehe ja deinen Missmut, Kati, aber ... – Moment mal. Schau doch, da hinten, der Tisch ganz am Wagenende.«

»Ist auch besetzt. Da hockt einer und trinkt Bier.«

»Ja, aber er ist allein. Und irgendwie kommt er mir bekannt vor. Fragen wir ihn doch einfach, ob wir uns dazusetzen können.«

»Na ja, so was mag ich eigentlich nicht so gern.«

»Wenn du einen Platz und dein Essen willst, musst du eben mal über deinen Schatten springen.«

»Wird mir wohl nichts anderes übrig bleiben.«

»Genau. Einen Versuch ist es allemal wert.«

»Entschuldigen Sie: Haben Sie etwas dagegen, wenn wir uns zu Ihnen gesellen?«

»Nein. Nichts dagegen. Nehmen Sie bitte Platz.«

»Danke schön. Sehr nett.«

»Warten Sie, ich rücke ein Stück zur Seite. Heute ist es ja besonders voll. Sogar in der ersten Klasse sind alle Plätze belegt. Das kommt selten vor.«

»Wir reisen zweiter Klasse – und das ist die Hölle.«

»Meine Frau übertreibt ein wenig. Aber komfortabel ist es wahrlich nicht. Bei der nächsten Reise vor den Feiertagen sollte man überlegen, ob sich der Zuschlag für ein Erste-Klasse-Ticket nicht doch lohnt. Übrigens: Mein Name ist Flemming, Paul Flemming. Und das ist meine Frau Katinka Blohm. Kann es sein, dass wir uns schon einmal begegnet sind? Ich meine, ich würde Sie von irgendwoher kennen.«

»Mmm. Flemming sagten Sie? Lassen Sie mich überlegen ...«

»Wir kommen übrigens aus Nürnberg. Sind auf den Weg nach Hannover.«

»Zu den Schwiegereltern, wo wir die Weihnachtstage verbringen werden. Sie wohnen ganz in der Nähe von

Hannover und liegen uns permanent damit in den Ohren, dass wir uns zu selten bei ihnen sehen lassen.«

»Ganz unrecht haben sie ja nicht, wenn man bedenkt, dass der ICE nicht mal drei Stunden für die Strecke benötigt. Da könnte man eigentlich schon öfter in den Zug steigen.«

»Aber bitte nie wieder kurz vor Weihnachten, Kati.«

»An Ostern wird es kaum anders aussehen.«

»Reisen wir halt außerhalb der Ferienzeiten.«

»Du hast gut reden als freischaffender Fotograf. Ich kann mich nicht zu jeder beliebigen Zeit aus dem Büro stehlen.«

»Wie wahr, wie wahr. Meine Freizeit ist ebenfalls stark eingeschränkt. Man ist gezwungen, dann zu reisen, wenn die Arbeit es zulässt. – Sie kommen aus Nürnberg, sagten Sie? Damit steigt die Wahrscheinlichkeit, dass wir uns tatsächlich kennen. Ich bin auch Franke. Panther ist mein Name, meine Frau und ich sind ebenfalls unterwegs zum Verwandtenbesuch. Nach Hamburg.«

»Ja, natürlich! Jetzt fällt es mir ein: Sie sind der Fabrikant Panther, habe ich recht?«

»Richtig. Anton Panther.«

»Dass mir das nicht gleich eingefallen ist. Vor einigen Jahren hatten Sie doch eine Vernissage im Foyer Ihrer Firma ausgerichtet. Ich war einer der Aussteller und habe vier oder fünf Fotomotive beigesteuert. Industriefotografie lautete das Thema.«

»Ach ja, ich erinnere mich. Eine beachtenswerte Bilderschau. Wir veranstalten ja des Öfteren kulturelle Events dieser Art, sehen uns als Sponsor und Mäzen. Es ist uns ein Anliegen, die Künste zu fördern. Vor allem meine Frau hat ein Faible dafür entwickelt.«

»Wo ist denn Ihre Frau? Hat sie Sie nicht zum Essen begleitet?«

»Apropos Essen, Kati, hast du schon einen Blick in die Karte geworfen? Das klingt ja recht edel, was die anbieten. Nach Rezepten von Schuhbeck und anderen Starköchen, steht hier.«

»Versprechen Sie sich davon nicht zu viel, mein Herr. Geschmacklich ist es weitgehend auf Mitropa-Niveau geblieben. Ich habe ein Paar Wienerle bestellt. Damit kann man nichts falsch machen.«

»Und wo, sagten Sie, ist Ihre Frau?«

»Ach, wissen Sie: Beatrix hält nicht besonders viel von Essen auf Rädern, wenn Sie verstehen, was ich meine. Sie hebt sich ihren Appetit für heute Abend auf. Wir haben einen Tisch in einem Restaurant an der Elbchaussee reserviert.«

»Also, ich bin mutig und versuche es mit dem Jägerbraten. Hab richtig Kohldampf.«

»Mir reicht ein Sandwich. Winkst du dem Kellner und bestellst mir bitte eine Flasche Mineralwasser dazu, Paul? Medium.«

»Sieht doch gar nicht schlecht aus. Und riechen tut es auch gut.«

»Ich weiß ja nicht. Da halte ich mich lieber an mein Sandwich. Etwas Warmes gibt es am Abend bei der Mami.«

»Sicherlich mal wieder Grünkohl mit Pinkel.«

»Ist eben eine Spezialität in Niedersachsen.«

»Immerhin werden Röstkartoffeln dazu gereicht. Von dem Rest halte ich nicht so viel. Da ist mir die fränkische Küche lieber.«

»Typisch. Franken und Weltoffenheit – das ist und bleibt wohl ein Anachronismus.«

»Guten Appetit Ihnen beiden.«

»Danke sehr. Ihnen auch, Herr Panther.«

»Wie laufen denn die Geschäfte, wenn ich fragen darf?«

»Ich glaube kaum, dass Herr Panther in seiner Freizeit über Berufliches sprechen möchte, Paul.«

»Doch, doch, kein Problem. Ich begrüße es, wenn sich die Leute für Panther und seine Produkte interessieren.«

»Panther ist ein Name, den man in Franken quasi mit der Muttermilch aufgesogen hat. Aber wie man hört, steht die deutsche Unterhaltungselektronik unter gewaltigem Druck der asiatischen Konkurrenz.«

»Paul! Lass Herrn Panther in Ruhe seine Würstchen essen. Die werden sonst kalt.«

»Nein, nein, schon gut. Sie liegen ganz richtig, Herr Flemming: Es ist ein hartes Geschäft, ohne Frage. Und die Konkurrenz kämpft mit allen Mitteln. Doch wir wissen uns zu wehren: Wir setzen auf unseren guten Markennamen und Qualität made in Germany.«

»Getreu Ihrem altbekannten Werbeslogan: *Hol dir den Panther ins Haus?*«

»Gewiss. Dieser gute alte Werbespruch ist fest verankert im Bewusstsein der Leute. Aber letztendlich zählen die Innovationen.«

»Und ja wohl auch der Preis, oder?«

»Billigware bekommen Sie von uns nicht. – Aber Ihre Vermutung trifft zu: Gerade an ein Familienunternehmen wie die Panther GmbH stellt der globalisierte Markt ganz besondere Ansprüche.«

»Dann seien Sie froh, dass Sie über Weihnachten mal rauskommen und die Nordseeluft genießen können.«

»Ich fürchte, ganz so entspannend, wie Sie sich das vorstellen, wird es nicht. Als mittelständischer Unternehmer kennt man keine Freizeit. Das Smartphone mit dem heißen Draht zur Firma bleibt mein ständiger Begleiter.«

»Seien Sie nicht böse, wenn ich indiskret werde ...«

»Das bist du doch schon die ganze Zeit, Paul.«

»Äh, ja, aber man sitzt ja nicht jeden Tag mit einem Mann wie Ihnen, Herr Panther, an einem Tisch: Was ist denn an den Übernahmegerüchten durch die Koreaner dran, die in letzter Zeit durch die Medien geistern?«

»Glauben Sie etwa, was in den Zeitungen steht?«

»Ein Fünkchen Wahrheit ist meistens dran an solchen Geschichten.«

»Bitte, Paul, bring Herrn Panther nicht in Verlegenheit.«

»Schon gut, Frau Blohm, schon gut. Diese Frage höre ich ja nicht zum ersten Mal. Die Presse ist in dieser Hinsicht hartnäckig. Aber meine Frau ist es mindestens ebenso. Sie kann sehr geizig sein, was Informationen für Journalisten anbelangt.«

»Man muss überaus vorsichtig sein im Umgang mit der Presse, da kann ich Ihnen nur zustimmen.«

»Ich muss dir widersprechen, Kati. Für mich als Fotograf gibt es viele Berührungspunkte mit der schreibenden Zunft. Das sind nicht alles bloß Hyänen, die auf die nächste Sensationsstory gieren. Gerade im Wirtschaftsteil der Zeitungen arbeiten zumeist ganz solide und seriöse Kollegen.«

»Wir haben leider andere Erfahrungen machen müssen. Meine Beatrix werden Sie mit Ihrer hehren Meinung über die Journaille gewiss nicht überzeugen können.«

»Ist Ihre Frau wohl zuständig für die Pressearbeit bei der Panther GmbH?«

»Beatrix ist Sprecherin der Geschäftsführung.«

»Und Sie sind ...«

»... angeheiratet. Ich leite die Entwicklungsabteilung. Das Auftreten nach außen überlasse ich aber gern meiner Frau. Ehrlich gesagt bin ich froh, dass sie da so gut ihren Mann steht. Und das macht sie exzellent. Sie besitzt die souveräne Lässigkeit unserer Bundeskanzlerin – da halte ich mich lieber im Hintergrund.«

»Meine Damen und Herren, eine wichtige Durchsage: Herr Anton Panther, bitte melden Sie sich beim Zugbegleiter in Wagen zwei. Ich wiederhole: Herr Anton Panther, bitte kommen Sie unverzüglich zum Wagen zwei.«

»Sie sind auf einmal so blass, Herr Panther. Fühlen Sie sich nicht wohl? Können wir Ihnen helfen?«

»Nein, danke, es geht schon.«

»Warum man Sie wohl ausruft?«

»Hoffentlich ist Ihrer Frau nichts zugestoßen.«

»Ich werde gleich mal nach ihr sehen.«

»Seltsam, findest du nicht auch?«

»Nein, Paul, gar nichts ist seltsam. Ein Mann ist ausgerufen worden. Das passiert in einem Zug wie diesem alle naslang. Fang bloß nicht wieder an, einen Kriminalfall daraus zu konstruieren. Ich habe Urlaub, außerdem rollen wir gerade durch Hessen, das ist gar nicht mehr mein Zuständigkeitsbereich.«

»Ist dir aufgefallen, dass er seine Würstchen nicht angerührt hat?«

»Na und? Du hast in deinem Jägerbraten auch bloß herumgestochert. Außerdem hast du den armen Mann mit deiner penetranten Fragerei vom Essen abgehalten.«

»Auch an seinem Bier hat er bloß genippt.«

»Und was schließt der Herr Detektiv daraus?«

»Dass er nicht bei der Sache war.«

»Kein Wunder, wenn du ihn die ganze Zeit ausfragst.«

»Nein, nein, Kati. Der Panther saß hier schon auf Kohlen, bevor wir aufgekreuzt sind. Der hat auf irgendetwas gewartet und bloß seine Zeit abgesessen.«

»Du meinst, er ahnte, dass er ausgerufen werden würde?«

»Er ahnte es nicht nur, sondern er wusste es.«

»So ein Unsinn.«

»Kein Unsinn, Kati. Ich habe so was im Gespür. Panther wusste genau, was auf ihn zukommt.«

»Was macht dich so sicher?«

»Seine Mimik, seine Gestik, einfach alles. Hast du nicht bemerkt, wie seine Pupillen hin und her geflitzt sind?«

»Um ehrlich zu sein: nein.«

»Weil du nicht darauf geachtet hast. Ich aber schon!«

»Ergo: Er war nervös und angespannt. Was schließt du aus deinen Beobachtungen?«

»Wenn ich das sage, erklärst du mich für unzurechnungsfähig und reichst die Scheidung ein.«

»Das würde ich nie tun, und das weißt du, Paulchen.«

»Versprichst du's?«

»Ich bin Juristin, da werde ich den Teufel tun, irgendetwas zu versprechen. Du musst mir einfach vertrauen.

Aber jetzt mal Scherz beiseite: Was für wilde Spekulationen spuken denn in deinem Kopf herum?«

»Schau doch mal in die Zeitung. Hier, nimm die, die hier liegt und schlag den Wirtschaftsteil auf. Da wirst du einen Bericht über die Bilanzpressekonferenz der Panther GmbH lesen. Die war nämlich gestern. Habe ich zufällig im Radio gehört.«

»Ach bitte, Paul, ich hab jetzt keine Lust zum Zeitunglesen. Sag einfach, was du weißt.«

»Die Firma kämpft ums Überleben. Auf ihrer Pressekonferenz haben sie grottenschlechte Quartalszahlen vorgelegt. Angeblich ist mehr als die Hälfte des Grundkapitals aufgezehrt. Ich bin kein Wirtschaftsfachmann, aber lange gebe ich der Firma Panther nicht mehr.«

»Okay. Die Firma Panther hat also Probleme. Aber was hat das damit zu tun, dass Herr Panther vom Schaffner ausgerufen wurde? Hier geht es wohl kaum um seine Gewinn- und Verlustrechnung. Doch wohl eher um seine Frau, oder?«

»Nicht direkt. Indirekt aber schon.«

»Du liebe Güte, Paul, lass dir nicht alles aus der Nase ziehen. Worauf willst du hinaus?«

»Nun – ich nehme an, dass es in Kürze eine weitere Durchsage geben wird: Diesmal werden sie fragen, ob sich ein Arzt an Bord befindet. Doch der Arzt wird zu spät kommen.«

»Du meinst ...«

»Natürlich! Das liegt doch auf der Hand: Panther weiß ganz genau, dass seine Firma vor dem Ruin steht. Am liebsten würde er den ganzen Laden lieber heute als morgen an die Koreaner verscherbeln, doch seine Frau stellt sich quer. Sie – die Chefin und als Kulturmäzenin fest verankert in der Region – will die Familientradition nicht preisgeben. Also muss sie sterben.«

»Du meinst, er hat sie getötet?«

»Er lässt es wie einen natürlichen Tod aussehen. Herzschlag oder Kreislaufkollaps. Irgendetwas in der Art. Er hat ihr womöglich etwas in ihren Tee gemischt oder Kekse mit Gift versetzt, so oder so ähnlich wird es gelaufen sein. Schwer nachweisbar, wenn man nicht gezielt danach sucht. Panther verschafft sich ein solides Alibi: Es gibt einen Haufen Zeugen, die ihn im Speisewagen gesehen haben – inklusive uns beiden, Kati.«

Sehr geehrte Fahrgäste, wir bitten noch einmal um Ihre Aufmerksamkeit: Sollte sich ein Arzt an Bord dieses Zuges befinden, möchte er sich bitte beim Zugführer in Wagen eins melden. Vielen Dank.

»Hörst du? Was habe ich gesagt!«

»Das ist ja entsetzlich. Wie konntest du das ahnen, Paul?«

»Instinkt. Reiner Instinkt. Und Menschenkenntnis.«

»Mein Gott, Paul! Wir müssen etwas unternehmen!«

»Zu spät, Katinka, zu spät. Alles, was du noch tun kannst, ist, auf deine hessischen oder niedersächsischen Kollegen einzuwirken, um zu verhindern, dass ein Totenschein mit natürlicher Todesursache ausgestellt wird. Nur so kannst du Panther zu packen kriegen und verhindern, dass er die Firma versilbert und ein sorgenloses Witwerleben antritt.«

»Wenn das alles stimmt, Paul, dann ...«

»Pssst, Kati! Er kommt zurück.«

»Danke, dass Sie meinen Platz freigehalten haben. Es hat leider etwas länger gedauert, aber der Schaffner musste sich vergewissern, dass ich der Richtige bin.«

»Was war denn los?«

»Im Grunde nur eine Bagatelle, Frau Blohm: Ich hatte auf dem Weg in den Speisewagen meine Brieftasche verloren. Eine Mitreisende fand sie und übergab sie netterweise dem Zugpersonal.«

»Und was war mit dem Arzt?«

»Arzt? Ach so, Sie sprechen von der zweiten Durchsage eben. Soviel ich mitbekommen habe, hat sich ein Bub im Mutter-Kind-Abteil an einem Bonbon verschluckt. Die besorgte Mama verlangte nach einem Doktor, aber der Schaffner meinte, es sei halb so schlimm.«

»Aber Ihre Brieftasche haben Sie wieder, ja?«

»Ja, vor der Rückgabe musste man sich allerdings erst noch davon überzeugen, dass ich der echte Panther bin.«

»Ist das gelungen?«

»Selbstverständlich. – Dank meiner Frau. Wenn ich vorstellen darf: Das ist Beatrix.«

»Sehr erfreut, Sie kennenzulernen.«

»Wir freuen uns auch, Sie gesund und munter zu sehen. Nicht wahr, Paul?«

»Ja, in der Tat. – Na dann: Frohe Weihnachten!«

Die bunte Witwe

Sie schlug ihm mit der Faust ins Gesicht. Der grün funkelnde Stein auf ihrem Ring hinterließ einen scharfen Schnitt auf seiner Wange.

»Aaaah!« Jochen Keller spürte einen brennenden Schmerz und dann das warme Blut, das seinen Hals hinabrann. Er saß auf einem Stuhl, die Hände hinter seinem Rücken gefesselt. Ebenso straff wie die Beine. »Was haben Sie mit mir vor?«

Seine Peinigerin sah ihn durchdringend an. »Sicher nichts Gutes.«

Davon war auszugehen. Denn Jochen wusste zu viel. Wusste vom falschen Spiel der Witwe, wusste von ihren Plänen, vor allem aber wusste er vom Inhalt der Aktentasche, die im Kofferraum ihres karminroten Mercedes Coupé lag.

Erneut holte sie aus, traf diesmal sein Kinn. Ihm schwanden beinahe die Sinne, so fest war ihr Schlag.

Dabei hatte alles so harmlos begonnen. Gerade erst zwei Tage war es her, dass sich sein Vater mit ihm in der Mittagspause verabredet hatte, da er ihn um eine kleine Gefälligkeit bitten wollte, wie er es ausdrückte. Gern war Jochen seiner Einladung auf einen Bagel und eine Tasse Milchkaffee beim Bäcker am Weißen Turm gefolgt. Denn ihm war jeder Grund recht, um wenigstens für ein halbes Stündchen der Hektik der Zeitungsredaktion zu entkommen.

»Abgekämpft siehst du aus«, stellte Konrad Keller nach kurzer Musterung seines Sohnes fest. »Liegt's am Berufsstress oder am Privatleben?«, spielte er auf die zahllosen amourösen Abenteuer seines Ältesten an. Denn der hatte auch mit vierzig nicht zur Ruhe gefunden, zumindest, was seine häufig wechselnden Beziehungen zum weiblichen Geschlecht anbelangte.

Jochen ging nicht auf die Anspielung seines Vaters ein. Er nahm einen Schluck Kaffee, biss in einen mit Lachs und Frischkäse belegten Bagel und fragte: »Was gibt's denn, Paps? Warum wolltest du mich sprechen?«

Konrad Keller führte seinen Zeigefinger zum Bügel seiner markanten, schwarz geränderten Brille, die seinem kahlen Kopf das gewisse Etwas verlieh. »Erinnerst du dich an den Fall Gerstlein? Das schillernde Architektenpaar, das in keiner Klatschkolumne fehlte? Und an das plötzliche Verschwinden von Thomas Gerstlein, das Entsetzen und die Trauer seiner Frau Tanja?«

»Na klar«, antwortete Jochen wie aus der Pistole geschossen. »Wir haben ja oft genug darüber berichtet. Diese Vermisstensache ist seinerzeit auf deinem Schreibtisch gelandet, oder?«

»Ja. Wir von der Mordkommission übernahmen, nachdem die Kollegen nicht weiterkamen«, bestätigte Konrad.

»Aber gelöst hast du den Fall nicht, gell?«

»Nein.« Die Unzufriedenheit darüber stand Konrad ins Gesicht geschrieben. »Dabei sah zunächst alles ganz einfach aus: Tanja Gerstlein hatte sich bei den Befragungen in Widersprüche verwickelt. Mal behauptete sie, ihr Mann sei übers Wochenende zum Angeln gefahren und nicht zurückgekommen. Ein andermal hieß es, er wäre mit seinem Surfbrett unterwegs gewesen.« Konrad kniff die Augen zusammen. »Auto und Surfbrett fehlten tatsächlich. Aber ein Ertrunkener, auf den die Beschreibung Thomas Gerstleins gepasst hätte, tauchte weder im Brombachsee noch irgendwo an den oberbayerischen Gewässern auf. Tanja behauptete steif und fest, dass sie es nicht besser wüsste, denn ihr Mann wäre ein sehr spontaner Typ gewesen, der sich schnell mal umentschied.«

»Großfahndung und Handyortung?«, fragte Jochen aufs Geratewohl.

Konrad schüttelte den Kopf. »Alles Fehlanzeige.«

Jochen aß den Bagel auf und wischte sich mit der Hand über den Mund. »Ein ungelöster Fall also. Aber das kann dir doch egal sein – fast zwei Jahre nach deiner Pensionierung.«

In Konrads wachen Augen blitzte es auf. »Eben nicht!«, stellte er klar. »Diese Woche ist die Frist abgelaufen.«

»Welche Frist?«, tappte Jochen im Dunkeln.

»Die Frist, die die Lebensversicherung der Gerstlein gesetzt hat. Da ihr abgängiger Ehemann nicht wieder aufgetaucht ist, wird er jetzt offiziell für tot erklärt. Damit hat die fröhliche Witwe Anspruch auf die Auszahlung.«

Jochen verstand. »Ich nehme an, die Summe ist kein Pappenstiel.«

»Zwei Komma fünf«, sagte Konrad leise.

»Millionen Euro?«, fragte Jochen weniger leise und zog die Blicke zweier alter Damen am Nebentisch auf sich.

»Was denkst du denn? Drachmen?«

Tanja Gerstlein, deren orange lackierte Fingernägel mit der Farbe ihrer Bluse korrespondierten, verlor die Lust daran, Jochen ins Gesicht zu schlagen. Auf der Suche nach einer anderen schmerzhaften Variante strich sie um den Stuhl herum, bekam Jochens schulterlanges blondes Haar zu fassen und zog zweimal kräftig daran. Nachdem ihm das nur ein leises Stöhnen entlockte, ging sie dazu über, die spitzen Absätze ihrer smaragdgrün glitzernden Stilettos auf seine Schuhe zu stellen und langsam zuzutreten.

»Wenn Sie mich töten wollen, warum machen Sie das nicht gleich?«, fragte Jochen, der erfolglos versuchte, seine mit einer Wäscheleine fixierten Füße zu schützen.

»Weil mir noch die richtige Idee dazu fehlt, wie ich es am besten anstelle«, sagte die bunte Witwe frei heraus. Böse lächelnd fügte sie hinzu. »Außerdem fängt es gerade an, Spaß zu machen.«

Sie ließ von seinen malträtierten Füßen ab und hob ihr rechtes Bein an. Unter anderen Umständen hätte Jochen ihren schlanken, wohl gebräunten Waden durchaus etwas abgewinnen können. Ebenso wie der ganzen Frau, die mit ihrem makellosen Gesicht und ihrer Topfigur vollauf seinem Geschmack entsprach. Doch Tanja stand auf ganz andere Dinge als Jochen.

Und so musste er Schlimmes befürchten, als sie ihren mörderisch spitzen Absatz genau zwischen seinen Beinen platzierte und ihn mit einem diebischen Grinsen bedachte.

Konrad Keller hatte einen speziellen Verdacht, den er seinem Sohn nach der zweiten Runde Milchkaffee kundtat: Das Ganze sei ein von langer Hand geplantes, abgekartetes Spiel der Gerstleins. Die beiden hätten das Verschwinden von Thomas Gerstlein, dessen Architekturbüro längst nicht so gut lief wie gemeinhin angenommen, inszeniert. Thomas sei irgendwo im Ausland abgetaucht und warte nun auf seinen Anteil aus dem Versicherungsschwindel.

»Du glaubst also, dass Thomas Gerstlein noch lebt?«, fragte Jochen überrascht.

»Ja«, gab sich Konrad von der eigenen Idee überzeugt. »Sonst wäre seine Leiche längst aufgetaucht.«

»Und was, wenn Tanja ihren Thomas um die Ecke gebracht und im Garten verscharrt hat?«, mutmaßte Jochen.

»Das halte ich für unwahrscheinlich. Außerdem gab es damals Untersuchungen. Die Spurensicherung fand nicht den geringsten Hinweis auf eine solche Tat«, hielt Konrad dem entgegen.

»Wenn das so ist, kann dein Nachfolger die beiden ja jetzt hochgehen lassen«, meinte Jochen, wusste aber bereits, dass sein Vater nicht viel darauf geben würde.

Und tatsächlich: »Das wird nicht passieren«, war sich Konrad gewiss. »Die Akte ist längst geschlossen. Und Hauptkommissar Schnelleisen rührt keinen Finger, wenn er nicht unbedingt muss.«

»Aber du kannst ohne Polizeimarke und Dienstwaffe auch nichts ausrichten«, stellte Jochen fest.

»Stimmt«, sagte Konrad und sah seinen Sohn erwartungsfroh an. »Deswegen bin ich auf dich zugekommen. Ich möchte, dass du deine besonderen Qualitäten ausspielst.«

»Meine ›Qualitäten‹?«, fragte Jochen misstrauisch. »Was soll das denn sein?«

»Du gibst den charmanten Womanizer und baggerst Tanja an.«

»Was?« Jochen stand mit so viel Schwung auf, dass er den Hocker umwarf. »Ich soll mich an eine Witwe heranmachen?«

»Ist eine leichte Übung für dich«, meinte Konrad, amüsiert über Jochens heftige Reaktion.

Die Seniorinnen vom Nebentisch tuschelten miteinander und warfen Jochen begehrliche Blicke zu.

Nachdem es Tanja diesmal bei der Androhung belassen und ihren Stiletto aus der Gefahrenzone zurückgezogen hatte, verfiel sie in hektischen Aktivismus. Als hätten die Folterspiele plötzlich jeglichen Reiz für sie verloren, trippelte sie in dem feuchtkalten Kellerraum herum, durchwühlte die Inhalte verschiedener Regale, beugte sich über eine Truhe und wurde schließlich fündig. Mit einer großen Malerplane kam sie zurück und breitete sie vor Jochen auf dem Boden aus.

Für Jochen, dessen Erleichterung über das Ende der Schläge und Tritte nur kurz währte, ergaben sich aus diesen Vorbereitungen düstere Schlüsse. Für ihn bestand kein Zweifel daran, dass die Plane gewiss nicht dafür verwendet werden sollte, Farbspritzer aufzufangen. Wohl eher Blut.

»Wissen Sie jetzt, was Sie mit mir machen werden?«, versuchte er ihr ihre Pläne zu entlocken.

Statt zu antworten, setzte Tanja ihre Suche fort. Nach und nach schleppte sie Gerätschaften und Hilfsmittel heran, die nur einen Schluss zuließen:

»Ein Hammer, eine Säge und Kneifzangen – wollen Sie mich abschlachten?«, fragte Jochen mit aufkeimender Panik.

Die schöne Witwe überhörte seine Frage, sammelte stattdessen weiter an, was ihr für die Umsetzung ihres mörderischen Vorhabens nützlich erschien.

Beim Anblick einer Spitzhacke gefror Jochen das Blut in den Adern.

»Paps hatte mal wieder eine seiner verrückten Ideen«, deutete Jochen am Telefon an.

»Mach's kurz«, bat Sophie. »Wir haben gleich Probe.«

Jochen wusste, dass seine jüngere Schwester es hasste, wenn er sie im Theater störte. Doch er brauchte ihren Rat und berichtete gestrafft von Konrads Anliegen.

»Was meinst du?«, fragte er. »Soll ich es tun?«

»Wenn einer dafür geeignet ist, einer Frau ein Geheimnis zu entlocken, dann bist du es. Und wenn ich an die Fotos denke, die man von Tanja Gerstlein in den Klatschblättern so sieht, entspricht sie doch genau deinem Beuteschema. Ich würde sagen: Da hast du leichtes Spiel, Brüderchen. Ich finde, du könntest Paps den Gefallen tun.«

»Also gut«, stimmte Jochen schweren Herzens zu. »Dann werde ich der Dame mal einen Besuch abstatten und versuchen, sie auszuhorchen.«

»Wann willst du die Sache über die Bühne bringen«, fragte Sophie. »Und als was stellst du dich bei ihr vor? Doch nicht etwa als Reporter?«

»Wenn, dann gleich heute. Und warum denn nicht als Reporter? Du weißt doch, wie pressegeil Leute ihres Schlages sind. Ich lasse es so aussehen, als würde sie mich verführen und nicht umgekehrt. Das schmeichelt ihrem Ego und macht sie hoffentlich unvorsichtig.«

»Na dann: Viel Erfolg! Und sag mir nachher, ob das mit den aufgespritzten Lippen stimmt oder ob die Presse lügt.«

»Soll ich auch überprüfen, wie viel Silikon bei ihr verbaut ist?«

Sophie kicherte und wollte wissen: »Wo wohnt sie eigentlich? Noch immer in dieser Angebervilla in Erlenstegen?«

Jochen bestätigte das und steckte sein Handy weg.

Mit frisch aufgelegtem Eau de Toilette auf den Schläfen läutete er keine Stunde später an der Tür des schneeweißen Bungalows, den sich die Gersteins mitten ins Nürnberger Nobelviertel hatten setzen lassen. Selbstverständlich nach Bauplänen des Hausherrn.

Da niemand reagierte, ging Jochen zur Auffahrt und bemerkte, dass ein Tor der Doppelgarage offen stand. Neugierig trat er näher. In der Garage parkte ein schnittiger Mercedes mit offener Heckklappe. Davor die bunte Witwe höchstpersönlich: auf hochhackigen Schuhen, mit schriller Bluse und sonnengelbem, beinahe polangem Haar.

Jochen hustete in seine Faust, um sich bemerkbar zu machen, woraufhin Tanja Gerstlein sich erschrocken zur Seite drehte. In ihrem Schwung rammte sie einen kleinen Aktenkoffer gegen den Rand des Kofferraums. Der Deckel des Koffers klappte auf, und mehrere dicke Geldbündel purzelten heraus.

Jochen beobachtete das Spektakel mit offen stehendem Mund. Ehe er richtig begreifen konnte, was vor sich ging, geriet der Koffer erneut in Bewegung: Tanja Gerstlein holte weit aus und donnerte ihn mit der harten Kante voraus in Jochens Magen. Japsend beugte er sich vor, woraufhin der Koffer abermals auf ihn niedersauste. Diesmal traf er ihn auf den Hinterkopf. Jochen verlor das Bewusstsein.

Mit dröhnendem Schädel wachte er auf, ohne jede Vorstellung davon zu haben, wie viel Zeit vergangen war. Jochen saß auf einem Stuhl in einem Kellerraum, doch als er aufstehen wollte, merkte er, dass seine Hände gefesselt und die Füße an den Stuhlbeinen fixiert waren.

»Was ... zum Teufel – was ist hier los?«, fragte er entsetzt.

Tanja Gerstlein stand vor ihm und bedachte ihn mit einem verächtlichen Blick. »Hab mir deinen Ausweis angesehen. Reporter bist du, was? Wolltest bei mir rumschnüffeln. Normalerweise habe ich nichts dagegen. Schon gar nicht, wenn die Presse so einen knackigen Kerl wie dich schickt. Hätte was Nettes aus uns werden können.«

Plötzlich fegte sie ihm ohne jede Vorwarnung mit der flachen Hand durchs Gesicht. Drei weitere kräftige Ohrfeigen folgten.

»Bist leider im falschen Moment bei mir aufgetaucht, Idiot!«, beschimpfte sie ihn.

»Sie wollten das Geld aus der Versicherung fortschaffen«, mutmaßte Jochen, womit er sich weitere Schläge einfing.

»Ja, wollte ich«, schrie Tanja Gerstlein. »Nach Liechtenstein.«

»Wo Ihr Thomas sicher schon drauf wartet.«

Sie unterbrach ihre wütende Attacke gegen ihn und fragte: »Woher weißt du das?«

Konrad hatte also tatsächlich den richtigen Riecher gehabt, folgerte Jochen aus Tanjas überraschter Gegenfrage – und ahnte, dass er nun erst recht in fürchterlichen Schwierigkeiten steckte.

Als er mit dem Katzenklo in den Hof hinunterging, um es in den Abfallcontainer zu leeren, plagte Konrad Keller das schlechte Gewissen. Mit seiner Bitte an Jochen hatte er seinen Sohn wissentlich einer Gefahr ausgesetzt. Zwar schätzte er das Risiko bei einem Flirt mit Tanja Gerstlein für Jochen als gering ein. Denn sie würde seinen ausgefuchsten Sohn schon nicht beißen, und kräftemäßig war ihr der athletische Jochen ohnehin haushoch überlegen. Dennoch war Konrad nicht ganz wohl zumute. Das merkte auch seine Frau, als er kurz darauf zurück in die Wohnung kam.

»Wo drückt der Schuh?«, erkundigte sich Doris und wischte ihre spülnassen Hände an ihrer Schürze ab.

Konrad seufzte. »Ich habe mal wieder eines unserer Kinder als Ersatz-Kripo eingespannt.«

Nun seufzte auch Doris. »Konrad, Konrad, du kannst es einfach nicht lassen. Worum geht es denn diesmal?«

Er erzählte es ihr, woraufhin Doris ihm beruhigend den Arm tätschelte. »Und ich dachte schon, es wäre was Ernstes«, lächelte sie. »Von einer Frau wird sich unser Jochen gewiss nicht unterkriegen lassen. Da bin ich gar nicht bange.«

»Wie wollen Sie es anstellen? Mich in handliche kleine Stücke zerlegen und per Post in alle Welt verschicken?«, fragte Jochen mit Galgenhumor, nachdem Tanja ihre Mordwerkzeuge vor ihm ausgebreitet hatte.

Diese ließ sich nicht auf seine Bemerkungen ein, sondern wählte nach sorgfältigem Vergleichen die Fuchsschwanzsäge aus. Mit ihren Fingerspitzen testete sie die Schärfe der Zacken, nickte zufrieden und hielt auf Jochen zu.

»Das ist ja wohl ein schlechter Scherz!«, rief Jochen und versuchte, sich in dem Stuhl aufzustemmen. Erfolglos. »Wollen Sie mir jetzt Arme und Beine absägen? Bei lebendigem Leibe?«

»Vielleicht säge ich zuerst auch was ganz anderes ab«, zischte die bunte Witwe, in deren Augen die pure Lust zum Töten glomm.

»Sie sind verrückt! Vollkommen verrückt!«

Das Läuten an der Haustür riss Tanja Gerstlein aus ihrem Blutrausch. Verärgert über die lästige Störung schmiss sie den Fuchsschwanz in die Ecke. Dann nahm sie einen Stofffetzen, stopfte ihn Jochen so tief in den Mund, dass er einen starken Würgreiz verspürte und stakste die Kellertreppe hinauf.

Weil sie die Tür aufließ, bekam Jochen mit, was sich oben abspielte.

»Guten Tag, Frau Gerstlein. Wir kommen von den Stadtwerken und sollen Ihre Zähler ablesen«, sagte eine freundliche Frauenstimme.

»Das ist gerade ganz schlecht. Keine Zeit«, wies Tanja Gerstlein sie ab.

»Es dauert nicht lang«, brummte eine Männerstimme.

»Nein! Es geht nicht«, keifte die Hausherrin.

»Doch!«, beharrte die Stadtwerkefrau, woraufhin sich ein Handgemenge entwickelte.

Jochen, der tatenlos auf seinem Stuhl verharren musste, fragte sich, was sich an der Haustür abspielte.

Seine Frage wurde beantwortet, als kurz darauf Sophie die Kellertreppe herabkam. An ihrer Seite Jochens jüngerer Bruder Burkhard, der die schimpfende Tanja Gerstlein mit auf den Rücken gedrehtem Arm vor sich herschob.

»Trägst du dein Handy immer noch in der Hosentasche?«, fragte Sophie, während sie Jochen losband. »Als dich die feine Dame mit ihren Stilettos geärgert hat, muss sie die Wahlwiederholung betätigt haben. Ich habe live mithören dürfen, wie sie dir zugesetzt hat.«

»Da wollte Sophiechen sich Verstärkung holen und ist so schnell wie möglich zu mir gekommen«, ergänzte Burkhard. Der stämmige Tierarzt hatte keinerlei Probleme, die vor Wut schnaubende falsche Witwe unter Kontrolle zu halten. »Was machen wir jetzt mit ihr? Der Polizei übergeben?«

»Fürs Gefängnis ist sie doch viel zu schön«, meinte Jochen, holte aus und verpasste der verdutzten Tanja eine gepfefferte Watschen. Die Wange schwoll prompt an, die Augen röteten sich unter Tränen. »So«, beschied Jochen, »jetzt ist sie so weit.«

»Und dir war's hoffentlich auch eine Lehre«, tuschelte Sophie ihm ins Ohr. »Unterschätz uns Frauen nicht. Im Zweifelsfall sind wir dir nämlich doch überlegen.«

Auf den Hund gekommen

Die Situation entbehrte nicht einer gewissen Komik, dachte sich Paul Flemming: Wie die Hühner auf der Stange saßen Zarte Lilie, Wilde Orchidee und Knospende Rose auf seinem Sofa und tippten auf ihre Smartphones ein. Zu den zierlichen Füßen der jungen Frauen, die ihre wahren Namen nicht preisgeben wollten, lag Bella, die betagte Pudeldame von Hertha und Hermann, und genoss die Krauleinheiten, die ihr das Damentrio zukommen ließ. Da seine Mutter auf Kur weilte und Hermann sich mit dem Hüten von Haus und Hund überfordert fühlte (oder ganz einfach keine Lust zum Gassigehen hatte), war der Hund Paul aufgedrückt worden. Und da Bella ungern allein blieb, nahm Paul sie mit zur Arbeit ins Atelier. Wie auch heute. Nur dass von Arbeiten nicht die Rede sein konnte, denn statt dass sich die drei Grazien von ihm fotografieren ließen, wie vereinbart, verbrachten sie ihre Zeit tatenlos damit, auf die fehlende Vierte im Bunde zu warten. Und das jetzt schon eine geschlagene Stunde lang.

Wenn sie nicht gerade mit ihren Handys spielten, kümmerten sie sich rührend um Bella, die sich fleißig wedelnd für so viel Zuwendung erkenntlich zeigte, dabei jedoch unentwegt niesen musste. Auf die Idee, dass Bellas Niesattacken von ihrem üppig aufgetragenen Parfüm herrühren könnten, kamen die drei Damen freilich nicht.

»Lotusblüte müsste längst hier sein«, echauffierte sich Wilde Orchidee, eine forsche Schwarzhaarige, die das Feuer in ihren dunklen Augen kaum bändigen konnte.

»Ist sonst gar nicht ihre Art«, meinte Zarte Lilie, die mit schmalem Körperbau und blassem Teint ihrem Künstlernamen alle Ehre machte.

»Wenigstens anrufen oder eine SMS schicken könnte sie«, steuerte Knospende Rose, eine junge Schönheit mit glutrotem Haar, zur Diskussion bei.

Paul schob den Ärmel seines Hemds zurück, brachte damit seine Armbanduhr für alle sichtbar zur Geltung und sagte: »Zeit ist Geld, Mädels. Entweder wir fangen mit dem Shooting an oder wir blasen das Ganze ab.«

Wilde Orchidee protestierte. Sie sei extra beim Frisör gewesen und habe besonders lang vorm Schminkspiegel gesessen. Das dürfe doch nicht alles umsonst gewesen sein.

Paul, der annahm, dass die Frauen Bilder für die üblichen Model-Karten haben wollten, mit denen sie sich für Modenschauen oder sonstige Auftritte bewerben konnten, schlug einen Kompromiss vor: »Heute fotografiere ich euch, und eure Freundin kommt dann irgendwann in den nächsten Tagen an die Reihe.«

Ratlose Gesichter. Bedrücktes Schweigen.

Knospende Rose übernahm es, Paul ihre Bedenken mitzuteilen: »Wir müssen erst wissen, was mit Lotusblüte los ist. Sonst können wir uns nicht locker machen für die Aufnahmen.«

»Wieso?«, fragte Paul, der die Sorge im Blick der jungen Frau sehr wohl erkannte. »Befürchtet ihr, dass eurer Freundin etwas passiert sein könnte?«

Alle drei zuckten mit den Schultern. Dann senkten sie ebenso gleichzeitig die Blicke.

»Wie kommt sie denn her? Mit dem Auto, Motorroller oder Fahrrad? Denkt ihr etwa an einen Unfall?«, riet Paul. »Oder ist sie krank?«

»Eher nicht«, meinte Wilde Orchidee.

»Sondern?« Paul riss allmählich der Geduldsfaden.

Die drei auf dem Sofa setzten die unfreiwillig komische Choreografie ihres synchronen Agierens fort, indem sie nahezu zeitgleich mit ihren Fingern durch ihre Haare fuhren, sich an die Näschen fassten und unruhig mit den Füßen scharrten.

Abermals war es dann Knospende Rose, die das Wort ergriff: »Es hat einen Grund, weshalb wir uns nicht mit unseren wirklichen Namen bei Ihnen angemeldet haben.«

»Eure Namen sind mir schnuppe, solange ihr hinterher die Rechnung zahlt.«

»Wir treten in unserem Business grundsätzlich nur unter den Blumennamen auf.«

»Was ist denn das für ein Business?«, fragte Paul misstrauisch. »Seid ihr am Ende gar keine Models?«

»In gewisser Weise schon«, druckste Knospende Rose herum und fragte dann: »Schon mal was von den Free Flowers gehört?«

»Nö. Sollte ich?«

»Wir Free Flowers sind eine Gruppe von Studentinnen mit wenig Geld, aber hohen Ansprüchen. Um diesen Widerspruch auszugleichen, schaffen wir an.«

»Oha!«

»Wir haben einen Weg der risikominimierten Prostitution gefunden, indem wir streng drei goldene Regeln beachten«, erläuterte Zarte Lilie ihr Geschäftsmodell.

»Da bin ich aber gespannt.«

»Erstens: Nicht der Freier sucht uns aus, sondern wir den Freier. Wir sprechen vor verschiedenen Firmen oder Dienstleistungsunternehmen gezielt Geschäftsleute an, die einen guten Eindruck machen. Idealerweise sind sie verheiratet, stellen also keine weitergehenden Ansprüche oder kommen auf dumme Gedanken. Zweitens: Wir Free Flowers bleiben anonym, nennen nie unsere richtigen Namen und treffen uns mit den Freiern niemals in unseren eigenen Wohnungen. Und drittens: Wir arbeiten ausschließlich für den Eigenbedarf und nur so lange, bis wir in unseren späteren Berufen Geld verdienen.«

»Was sind denn eure späteren Berufe?«, wollte Paul wissen.

»Anwältin«, antwortete Knospende Rose.

»Chirurgin«, sagte Wilde Orchidee.

»Architektin«, meinte Zarte Lilie.

Paul betrachtete das Trio Infernale, musterte die jungen Gesichter, die Augen, die noch keinerlei gravierende Lebenserfahrung verrieten. »Und? Floriert das Geschäft der Free Flowers?«

»Es wird super laufen. Eine sichere Sache. Schließlich haben das ja schon etliche andere vor uns getan«, antwortete Zarte Lilie ausweichend und erregte Pauls Argwohn.

»Wird laufen – heißt das, ihr habt noch gar nicht damit angefangen?«

»Nein«, räumte Wilde Orchidee nach mehrfachem Blickwechsel mit den anderen ein. »Genau genommen geht's heute los. Lotusblüte war bei ihrem ersten Freier.«

Paul seufzte. Wie naiv waren diese Mädels eigentlich, fragte er sich. »Wollt ihr damit sagen, dass eure Freundin mit einem Mann gegangen ist und ihr seitdem nichts mehr von ihr gehört habt?«

»Er wirkte ganz anständig«, erklärte Knospende Rose. Es klang, als suche sie nach einer Rechtfertigung. »Wir haben ihn mehrere Tage lang beobachtet. Mittlerer Angestellter um die dreißig. Sehr gepflegt. Mit einem freundlichen Lächeln. Wilde Orchidee meinte, sie wäre auch ohne Geld mit ihm ...«

»Halt die Klappe!«, schnappte die Angesprochene.

»Jedenfalls scheint mit eurem Sicherheitskonzept trotz der drei goldenen Regeln etwas schief gegangen zu sein«, stellte Paul fest. »Wie lange ist eure Freundin denn schon überfällig?«

»Es ist mehr als fünf Stunden her, seit sie mit dem Typen fort ist«, wusste Knospende Rose.

»Im besten Fall haben sich die beiden ineinander verliebt und laufen Händchen haltend durch den Stadtpark«, spekulierte Paul. »Andererseits könnte Lotusblüte in der Klemme stecken. Wisst ihr, wo die beiden hingegangen sind? Kennt ihr das Liebesnest?«

»Zu ihm nach Hause«, antwortete Wilde Orchidee. »So war es vereinbart.«

»Hm. Habt ihr zufällig ein Foto von eurer Freundin dabei?«

»Ein Foto leider nicht«, meinte Wilde Orchidee bedauernd, »aber vielleicht können Sie damit etwas anfangen.« Mit diesen Worten zog sie ein seidenes Halstuch aus ihrer Handtasche und reichte es Paul. »Das gehört ihr. Ganz typisch für ihren Style.«

Paul nahm den hauchdünnen Stoff entgegen, der einen betörenden Duft verströmte. Die Seidenmalerei im chinesischen Stil vermittelte eine fernöstliche

Anmutung. Daher also der Name Lotusblüte, reimte er sich zusammen.

Auch Bella schnupperte an dem Tuch und wurde augenblicklich von einem weiteren heftigen Niesanfall heimgesucht.

»Die Adresse des Freiers?«, fragte Paul und opferte seinen eigentlichen Beruf als Fotograf einmal mehr der Profession des Privatdetektivs.

Auf dem Weg ins Nürnberger Feine-Leute-Viertel am Tiergarten hatte Paul Zeit zum Nachdenken – und fragte sich, warum er sich von den drei Grazien vor den Karren spannen ließ. Die Schnapsidee von der »sauberen« Prostitution war ja auf ihrem Mist gewachsen, also sollten sie gefälligst auch die Folgen ausbaden. Doch er brachte es nicht übers Herz, diese reichlich weltfremden Dämchen mit ihrem Problem alleinzulassen, zumal sich die Ladys mit diesem sehr speziellen Problem wohl kaum an ihre Eltern wenden konnten.

Also drückte er den Klingelknopf eines schmucken Einfamilienhauses und überlegte, ob er den Hausherrn auf den Kopf zusagen sollte, dass seine junge Gespielin seit ihrem Date verschwunden war. Neben ihm winselte die ehemals pechschwarze, inzwischen rings um die Schnauze und an den Tatzen ergraute Bella, die ebenso neugierig auf den Freier zu sein schien wie Paul. Das schloss er aus dem aufgeregten Tapsen mit den Vorderpfoten und dem eifrigen Schnüffeln am Türblatt.

Statt des erwarteten aalglatten Geschäftsmanns, der sicher alles kategorisch abstreiten und die Bekanntschaft mit Lotusblüte leugnen würde, öffnete ihm eine zierliche Frau in Jeans und weinrotem Pullover. Nussbraunes, gewelltes Haar umrahmte ein freundliches Gesicht mit intelligent wirkenden Augen.

»Ja, bitte?«, fragte sie und taxierte Paul. Dabei fiel ihr Blick auf Bella, worauf sie sich nach der Hündin bückte und sie hinterm Ohr kraulte. »Hübscher Pudel. Schon ein älteres Semester, was?«

»Ja«, sagte Paul. »Entschuldigen Sie bitte, wenn wir hier so hereinplatzen. Ich wollte eigentlich zu Herrn Holzmichel.«

»Sind Sie wohl ein Kollege von Klaus?«, fragte die Frau, erhob sich wieder und wischte sich die Hände an den Hosenbeinen ab. »Tut mir leid, aber er ist nicht da. Ich weiß nicht, ob er noch mal in die Firma ist oder zum Training. Soll ich ihm etwas ausrichten, wenn er wiederkommt?«

»Ausrichten?« Paul überlegte kurz, hielt diese Möglichkeit dann jedoch für wenig sinnvoll. »Vielen Dank, nein. Ich werde wohl ein andermal vorbeikommen.«

»Um was geht es denn?«, fragte Frau Holzmichel aufgeschlossen. »Vielleicht kann ich Ihnen ja auch helfen.«

Paul schüttelte den Kopf. »Das ist nett von Ihnen, aber ich müsste Ihren Mann persönlich sprechen ...«

Weiter kam er nicht, denn in diesem Moment machte Bella einen Satz nach vorn. Paul, der sie nicht straff genug gehalten hatte, entglitt die Leine. Mit einer für ihr Alter erstaunlichen Agilität rannte die Hündin ins Haus und verschwand im Flur.

»Oje, das tut mir leid«, entschuldigte sich Paul. »So was ist ganz untypisch für Bella.« Er versuchte an Frau Holzmichel vorbei in die Wohnung zu gucken, doch die Hausherrin versperrte ihm den Blick.

»Pfeifen Sie den Hund zurück«, forderte sie in plötzlich verändertem Tonfall.

»Ich glaube kaum, dass Bella auf Pfiffe reagiert. Sie ist nicht besonders gut erzogen.«

»Das merkt man«, sagte Frau Holzmichel verärgert.

»Ich muss sie selbst wieder rausholen«, meinte Paul achselzuckend.

Doch Frau Holzmichel machte keine Anstalten, den Weg freizugeben. Während sie den Durchgang blockierte, veränderten sich ihre Gesichtszüge unentwegt. Paul las darin Sorge, Angst und schließlich Panik. Aus dem Inneren des Hauses hörte er derweil ein Bellen, gefolgt von Winseln.

»Ich denke, jetzt sollte ich doch mal nach ihr sehen«, appellierte er an die Frau. Vergebens.

»Ich lasse keine wildfremden Männer ins Haus!«, lautete die Antwort.

Hinter Frau Holzmichel trottete Bella mit der Nase dicht über dem Boden in aller Ruhe durch den Flur zurück. Paul entging nicht, dass sie dabei immer wieder kurz stehenblieb und nieste. Als sie auf halber Höhe vor einer Seitentür pausierte, die wahrscheinlich zum Keller hinabführte, wurde die Hündin von einer regelrechten Niesattacke heimgesucht.

»Rufen Sie Ihren Hund!«, befahl Frau Holzmichel mit vor Zorn gerötetem Gesicht. »Rufen Sie ihn und verschwinden Sie endlich!«

Doch Paul dachte gar nicht daran. Stattdessen schob er die Frau mit dem Arm beiseite, ging schnurstracks auf die Tür zu, vor der Bella einen Nieser nach dem anderen losließ – und hörte die gedämpften Hilferufe zweier Menschen.

»Was hatte sie mit Lotusblüte und ihrem Lover vor?«, fragte Wilde Orchidee später und kaute vor Anspannung an ihren pink lackierten Nägeln.

»Wollte sie die beiden aus Rache foltern?«, argwöhnte Knospende Rose.

»Oder umbringen?«, ging Zarte Lilie noch weiter.

Paul schlenderte zu seinem Schreibtisch und zog eine Schublade auf. »Das herauszufinden, ist Sache der Polizei. Wenn Frau Holzmichel Glück hat, kommt sie mit einem blauen Auge davon. Dass sie die beiden im Keller eingesperrt hat, wird ihr vermutlich jeder Richter nachsehen. Und Schlimmeres wurde ja verhindert.« Mit einem respektvollen Blick auf die Hundedame ergänzte er: »Dank Bella.«

Der Schublade entnahm er einen Quittungsblock und schrieb eine Summe auf, die locker für ein opulentes Abendessen mit Katinka reichen würde. Er riss den Zettel aus dem Block und legte ihn den drei Hübschen vor.

»Aus dem Shooting ist zwar nichts geworden. Aber für meine Arbeitszeit und Spesen berechne ich euch das hier.« Als die drei ihn verdattert ansahen, schob er die Bemerkung nach: »Ich bevorzuge übrigens Bares anstelle von Naturalien.«

Ins Gras gebissen

»Ein klarer Fall für die Psychiatrie«, meinte Katinka Blohm, als sie nach einem langen Arbeitstag im Oberlandesgericht abgekämpft nach Hause kam und sich aufs Sofa fallen ließ.

Paul Flemming erkannte sofort, dass seine Frau, die Oberstaatsanwältin, Zuspruch brauchte, und setzte sich neben sie. »Ist jemand ausgeflippt?«, fragte er teilnahmsvoll und strich ihr übers blonde Haar. Turbulente Szenen vor Gericht waren ja nichts Ungewöhnliches.

»Nein, nein, ganz im Gegenteil. Für einen überführten Mörder hat sich der Angeklagte ungewöhnlich besonnen verhalten. Aber so etwas wie Einsicht und Reue scheint er nicht zu kennen.« Sie schloss die Augen und atmete mehrmals tief ein und wieder aus. »Obwohl der Fall ganz klar ist, hält er sich für unschuldig. Das wahre Opfer sei nicht der Tote, sondern er selbst. Um das zu belegen, hat er in Untersuchungshaft eine Art Geständnis verfasst. Er meinte, wenn wir das lesen, müssten wir ihn sofort auf freien Fuß setzen.«

»Das macht zumindest neugierig«, sagte Paul.

»Ach ja?« Katinka richtete sich wieder auf, griff zu ihrer Handtasche und entnahm ihr die Kopie eines handgeschriebenen Textes, verfasst in ordentlichen, geraden Druckbuchstaben. »Hier!«, sagte sie und hielt Paul das Papier vor die Nase. »Lies und urteile selbst!«

Paul zögerte einen Moment, nahm den Bogen dann aber entgegen und begann sich in den Text zu vertiefen.

Verehrte Damen und Herren, Hohes Gericht!
Mir ist es ein Anliegen, mich Ihnen zu erklären. Verstehen Sie meine Beweggründe, begreifen Sie auch mein Handeln. Denn was ich tat, geschah nicht aus Eigennutz, sondern aus Liebe: aus meiner von Herzen kommenden, aufrichtigen Liebe zum Gras.
Dreißig Millionen deutsche Gartenbesitzer haben einen Rasen, im Durchschnitt zweihundertfünfzig Quadratmeter groß. Jahr für Jahr verteilen sie fünfzehntausend Tonnen Saatgut – in der vagen Hoffnung, es möge sie dem Traum jenes feinen Zierrasens ein wenig näher bringen, der für Golfplätze typisch ist. Aber freilich gelingt es nur den allerwenigsten.
Ohne unbescheiden klingen zu wollen, möchte ich feststellen: Mir ist es gelungen! Ich habe es fertig gebracht, die perfekte Grünfläche anzulegen. Ich wage zu behaupten, dass mein Gras das gesündeste, homogenste und makelloseste in ganz Nürnberg ist und über die feinsten Halme und zugleich dichteste Narbe verfügt. Ach, was sage ich? Nicht nur in Nürnberg, sondern in ganz Deutschland, wahrscheinlich sogar europaweit.
Nun, ehrlicherweise muss ich mich in einem Punkt korrigieren: Es ist – wie Ihnen ja bekannt sein dürfte – nicht direkt mein Rasen, von dem ich spreche. Zumindest nicht im juristischen Sinn. Eigentümer ist mein Chef, der mich letzten Sommer als neuen Gärtner eingestellt hat. Ein passionierter Golfer, der die satte Farbe des Putting Green auch im Garten seiner Villa genießen wollte.
Diesen Wunsch habe ich ihm erfüllt. Das hat mich viel Mühe, Zeit und Schweiß gekostet, denn was mein Vorgänger

mir hinterlassen hatte, kann man nur als rasentechnisches Desaster bezeichnen. Ich musste bei null anfangen und habe mich ganz und gar meiner neuen Aufgabe verschrieben. Mit Erfolg, wie man in diesem Sommer sieht.

Ich mähe ein- bis zweimal täglich auf zwei Zentimeter Länge, dünge fünf- bis zehnmal pro Saison. Schon früh am Morgen ziehe ich meine Bahnen und durchkämme mit Jagdblick die Halme, stets auf der Suche nach dem Unvorstellbaren, dessen Entdeckung immer auch mit dem Gefühl der Scham verbunden wäre: Gänseblümchen und Löwenzahn haben auf meinem Rasen nichts zu suchen!

Dass ich so erfolgreich bin, kommt nicht von ungefähr. Ich kenne mich aus mit der Materie und habe mich gebildet. Von mir erfahren Sie alles, was es über Wiesen zu wissen gibt: Ein Rasen ist im Prinzip nichts anderes als eine künstlich angelegte, nur aus Süßgräsern bestehende und durch regelmäßigen Schnitt kurz gehaltene Pflanzendecke. Durch Verdunstung des Bodenwassers spendet der Rasen im Sommer Kühle, seine Wurzeln bewahren den Boden vor Erosion. Gleichzeitig hat ein hochwertiger Rasen etwas – wie soll ich sagen? – Magisches.

Das beruhigende Grün des erweiterten Seelenraums Rasen kann allerdings nicht darüber hinwegtäuschen, dass gerade bei der intensiven Rasenpflege Nachbarschaftskonflikte unausweichlich sind. Ragen die Äste eines Nadelbaumes auch nur wenige Zentimeter über den Zaun, beeinträchtigt er durch Schattenwurf das Wachstum. »Als Mechanismus der Toleranzschwellenherabsetzung birgt der gepflegte Rasen jede Menge Aggressionspotenzial«, hat mein Anwalt daher sehr treffend schon am ersten Verhandlungstag gesagt.

Aber der Reihe nach. Ich wollte zunächst noch etwas über die Geschichte des Rasens erzählen: Als Ursprungsland des kurz geschorenen Zierrasens gilt England. Seit Elisabeth I. im 16. Jahrhundert ihren Adel zu repräsentativer Gartenkunst ermutigte, entstanden dort weitläufige Lustgärten. Bei uns in Deutschland setzte sich städtischer Rasen vom 19. Jahrhundert an durch, um Freizeitorte für unruhige Proletarier zu schaffen. Die Mittelschicht entdeckte den Rasen mit den Wirtschaftswunderjahren, in denen die blühende Gartenkultur auch der Dokumentation des eigenen Erfolgs diente.

Bei einem Kunstprodukt wie Rasen geht es um die Schaffung von Homogenität. Noch so ein Wort, das ich erst durch meinen Anwalt kennengelernt habe. Anders ausgedrückt soll ich wohl ein besonders ordnungsliebender Mensch sein. Was durchaus zutrifft. »Jede Form von Beeinträchtigung wird von meinem Mandanten als Gefahr für die innere Ordnung des Seelenhaushalts angesehen«, erklärte mein Verteidiger dem Richter.

Stimmt. Die Sache mit den überstehenden Nachbarsbäumen hat mir schlaflose Nächte bereitet. Und tatsächlich sind meine schlimmsten Albträume wahr geworden, als in der beschatteten Zone kleine bräunliche Flecken auftauchten. Ich schlug sofort in meinem Diagnose- und Therapiehandbuch für Rasenkrankheiten nach und überlegte, ob es sich möglicherweise um Anfangszeichen für Brown patch handeln könnte. Furchtbar! Ich meine: Da kannst du dich aufhängen, wenn die Gräser so aussehen. Ich habe es in meiner Not mit kleinen Stickstoffgaben versucht, damit die erkrankten Stellen schneller herauswachsen. Aber das brachte nicht viel. Die einzige Lösung bestand darin, die Nachbarsbäume zu fällen. Das habe ich getan. Der Nachbar regte sich sehr darüber auf. Er beschimpfte mich und wurde beleidigend. Wenn er sich nur über mich ausgelassen hätte, wäre wahrscheinlich nichts passiert. Aber dann begann er damit, meinen Rasen schlechtzureden. Er nannte ihn einen überzüchteten Teppich, und

ihm fielen noch weitere schlimmere Dinge ein, die ich hier nicht wiedergeben möchte.
Jedenfalls habe ich ihm mit derselben Axt den Schädel zertrümmert, mit der ich zuvor seine Fichten gefällt hatte. Dafür werde ich wohl trotz meines guten Anwalts ins Gefängnis müssen, auch wenn es ungerecht ist. Denn habe ich nicht aus reiner Notwehr gehandelt?
Es ist ein quälender Gedanke, nicht zu wissen, wer sich für den Rest des Sommers um meinen Rasen kümmern wird.
Gezeichnet: Erwin B.

»Und?«, fragte Katinka, nachdem Paul geendet hatte und das Paper beiseite legte. »Was sagst du dazu? Der hat nicht mehr alle Tassen im Schrank, oder? Sein Anwalt wird auf verminderte Schuldfähigkeit plädieren.«

Paul stand auf, schritt nachdenklich zur Fensterfront, die einen weiten Blick hinaus in den Garten bot. Grüblerisch führte er seine Hand ans Kinn und sagte: »Findest du nicht auch, dass unser Rasen wieder mal gemäht werden müsste?«

Textnachweis

Christkindraub, erstmals erschienen in: *Tatort Franken. 13 Kriminalgeschichten*, © ars vivendi verlag, Cadolzburg 2009, S. 52–64

Der Tote im Wöhrder See, erstmals erschienen in: *Tatort Franken No. 2. 18 neue Kriminalgeschichten*, hrsg. v. Felicitas Igel, © ars vivendi verlag, Cadolzburg 2011, S. 36–48

Die toten Augen von Nürnberg, erstmals erschienen in: *Kältestarre. 13 Krimis aus Franken zum Frösteln*, hrsg. v. Tessa Korber, © ars vivendi verlag, Cadolzburg 2011, S. 14–26

Zeit zum Sterben, erstmals erschienen in: *Tatort Franken No. 3. 20 neue Kriminalgeschichten*, © ars vivendi verlag, Cadolzburg 2012, S. 38–48

Der Sniper vom Karpfenteich, erstmals erschienen in: *Tatort Franken No. 4. 15 neue Kriminalgeschichten*, © ars vivendi verlag, Cadolzburg 2013, S. 9–21

Santa-Express, erstmals erschienen in: *Christkindles-Morde. Ein fränkischer Adventskalender in 24 Kurzkrimis*, © ars vivendi verlag, Cadolzburg 2013, S. 302–312

Die bunte Witwe, erstmals erschienen in: *Tatort Franken No. 5. 18 neue Kriminalgeschichten*, © ars vivendi verlag, Cadolzburg 2014, S. 40–51

Die beiden Kurzkrimis **Auf den Hund gekommen** und **Ins Gras gebissen** erscheinen erstmals in dieser Anthologie.